愛は、ふたつの肉体に存在するひとつの魂によって構成される。
――アリストテレス

―プロローグ― ZERO TO ONE

人はなぜ、ひとりでは生きていけないのだろう。

巨大な円柱状の水槽を見上げながら、そんなことを考える。

歴史を紐解《ひもと》けば、それはさほど難しい問いではない。

生命とは、自己を継続しようとする複雑なシステムだ。とはいえ進化学的に考えれば、継続しようとするというのはやや誤解を招く表現だろう。長い時の中で環境の変化を乗り越え、続いていったものだけが今存在している。そこには誰の意志もない。すなわち単に継続しているというほうがより適切だ。

しかしそれゆえに、人は純粋に必要なもので構成されている。

人間は次世代を、未熟な状態で出産する。生まれた次世代は、放置されれば簡単に死んでしまう。しがみついて移動し、乳を飲み、守られてはじめて生きていくことができる。すべての人間は、他人に生存を託した無力な状態で生まれてくるのだ。

なぜか。一説によれば、それは早い段階で胎内を出なくては出産できなくなってしまうほど、巨大な脳を持つからであるという。

そしてその性質こそが、人間に新たなものを生み出せる創造性を与えたはずである。

つまり、こういうことだ。

なにかを創造するからこそ、人は誰かを必要とする。

そしてこれは、逆転を可能にする。

誰かが必要になったのなら、創造すればよい。

だから私は創った。

この大きな水槽の中に。

液体で満ちたその中心に浮いているのは。

人間だ。

生まれたままの、いや、生まれる前の姿。背中には臍帯《さいたい》の代わりに栄養を循環させ老廃物を回収するためのチューブが複数接続され、伸びつつある髪が特殊な溶液の中を静かに揺蕩《たゆた》っている。

今はまだ、眠っているけれど。

ほどなくして、目覚めは訪れるだろう。

幾つもの日を見送り、月を迎え、共に生きていくために。

定められた歯車が、今、動き出すのだ。

メイクアガール

MAKE A GIRL

Written by Akiya Ikeda

Original Work by
Gensho Yasuda and Xenotoon

Illust and Supervisor
by Gensho Yasuda

Design by arcoinc

Edit by Toshiaki Mori
(from KADOKAWA)

第一章 AUGMENTATION

研究。

それは新たな価値を生み出す営みだ。

まだこの世界に存在しないものを創る。それを繰り返して人類は発展してきた。創造、生成、構築。それこそが文明の本懐であり、次のステップへと人類を進める原動力だ。

必要は発明の母《Necessity is the mother of invention》。

あらゆる発明は、必要から生まれる。

すべての子が、母から生まれるように。

なら僕は、なぜ生まれてきたのだろう？

答えは決まっている。

研究するためだ。

だから僕は、創らねばならない。創り続けなければならない。

それがいつ、どこであっても。

「よし、こんな感じかな」

僕はノートPCで書き終えたコードをざっと確認して、それからビルドのボタンを押す。僕の指先が叩《たた》いたキーはシリコン製のカップを押して、膜を接点に押し付ける。それを認識したコンピュータはコードをコンパイルして0と1からなる機械語へと翻訳し、ケーブルを通じて送信していく。

そのケーブルの先には、白い体が接続されていた。

華奢《きやしや》な肩からはすらりとした繊細な腕が伸び、きちんとした姿勢で張られた胸は細い腰につながって、そのフォルムは大きく広がったスカートへと流れていく。そしてそのスカートの中からは、車輪がついた一本足が覗《のぞ》いている。つるりとした顔の真ん中についたLEDのインジケーターが点滅し、アップデートが完了したことを告げていた。

「それじゃ、よろしく」

僕がポンとその肩を叩《たた》くと、グロス成形のエンジニアリングプラスチック製外装がカシャリと小さな音を立てる。顔のない頭が縦に頷《うなず》くと、その脚の先の一輪を走らせ、猛スピードで駆け出していった。

ソルト。

それがこのロボットの名前だ。

なんのために生み出されたのか？

人間をサポートするためだ。

ソルトは汎用型サポートロボットとして開発された。発売されるやいなや大ベストセラーとなり、少しずつ街の中でも見られるようになりつつある。

ではそのサポートロボットが今ここでなにをしているのかといえば。

それは清掃である。

学校とは、広大な空間で多数の人間が長時間活動する装置だ。人間の活動はさまざまな望ましくない乱雑さを招く。エントロピーの増大というやつだ。その空間を人間が隅々まで掃除するのは、まったく非人間的な営みという他ない。そういうわけで、この学校にもリースではあるもののソルトが清掃用に導入されており、日々校舎の保守に奔走している。

そして僕は今、そのソルトが3倍の速度で清掃を終えられるよう、プログラムを書き換えた。

それが可能な理由は簡単だ。

僕が開発者のひ、い、い、ひとりだから。

目的をよりよく達成することができるよう、プログラムを書き換えることは当然だ。アップデートは開発者の義務と言ってもよい。満足感に浸りながら、廊下を疾走していくソルトの背中を見守っていると——

「明《あきら》くん、なにやってるの？」

後ろからそう声をかけられた。

僕は振り向いて、ゴーグルのレンズ越しに声の主を確認する。

「ああ、茜《あかね》さん」

そこに立っていたのは、制服に身を包んだ女性だった。

赤茶色の髪に、ふわりとしたポニーテールが揺れている。

僕の視覚はその姿を捉えると、脳が記憶と照合する。

彼女は茜さん。僕のクラスメイトだ。

「またなにか変なことやってるんじゃないでしょうね。見たわよ、学校のソルト勝手にいじってたの。もう授業はじまるんだから、いい加減に——」

しかし、茜さんは僕の後ろに目をやると、その切れ長の目を大きく開けた。

「——な、なにそれ」

僕はその視線を追って自分の後ろを振り向く。

なんの変哲もない学校の廊下だ。

「なにって、学校の廊下？」

「そうじゃなくて！　それ！」

僕はそこでようやく気がつく。

そこには、ソルトとは別の、ちょっと大きめの機械が置いてあった。確かに僕が持ち込んだものだ。

「これは5分でカップ麺を作ってくれる機械だよ」

「なんでそんなものを……」

「昼食にカップ麺を食べるために決まってるじゃないか」

「自分で作ればよくない？」

「いや、茜さん。考えてみてよ。カップ麺を作るのが面倒だと思ったことはない？」

「特にないわね……」

「この機械はあらゆるカップ麺を自動で作れるんだ。麺を戻す時間、スープをいつ入れるのか、作り方と袋をすべて画像認識して98・7％の確度で正しく作れるんだよ。3分のカップ麺ならたった5分で完成する！　ほら、今やってみせるから――」

「……頭痛くなってきた。私はなにも見てないし、なにも聞いてない。いいわね？」

そう言い残して、ピシャリと教室のドアを閉めてしまった。

それを合図にしたかのように、ちょうど授業開始のチャイムが鳴る。

しまった。もうスイッチを押してしまったので、カップ麺ができてしまう。さすがの僕も授業中の教室でカップ麺を食べないくらいの常識はある。しかし食べ物を粗末にしてはならないというのもまた道理だろう。仕方がない、食べてから授業に行くしかないか。

僕ができあがったカップ麺を廊下ですすっていると。

「おおい、そこ！　授業中にカップ麺を食べ――じゃなくて、学校に妙な機械を持ち込むんじやない！」

授業を行うべく姿を現した教師が、そう僕を怒鳴りつける。妙な機械、とはずいぶん粗い分類だ。その前でカップ麺を食べているのだから、なんらかカップ麺に関連する機械だと類推できてもよさそうなものだけれど。

それよりも、気になるのは。

遠くから幾つもの悲鳴がうっすらと聞こえてきていることだ。

なにかが起きているのだろうなと思うが、構っていては麺がのびてしまう。しかし散発的なその悲鳴は、徐々にボリュームが上がってくる。なるほど、悲鳴の発生源が移動しているのだ。

そして、次の瞬間。

爆発音とガラスが割れる音が、ほぼ同時に響いた。

あ。

その瞬間、自分のミスに気づく。

清掃用ソルト。

僕はその動作速度を3倍にするように書き換えた。

しかし遠心力は角速度の2乗に比例するのである。

ソルトは人間に近い作業をするため精密なマニピュレータを備えており、末端にそれなりの重さがある。それが3倍の速度で振り回され、関節部分がソルトの高速動作に耐えきれなくなり破断、ガラスに衝突したというわけだ。爆発音は……バッテリーの過負荷だろうか？
とにかく、それは初歩的なミスだった。
「水溜《みずたまり》ィィィ！」
先生の怒りを含んだ悲鳴が聞こえてくる。
水溜明。
それが僕の名前だ。
その名前を呼ばれるたび、僕はいつも思い出す。
僕が母から受け継いだものはふたつある。
ひとつは水溜という名前。
そしてもうひとつは、その研究。
ソルトの基礎を含め、無数の技術を開発した天才研究者、水溜稲葉《いなば》の子。
それが僕だ。
だから立派な研究者にならなければならない。
母さんに託されたものを、受け継ぐために。
僕はカップ麺を食べながら。
ソルトの設計強度を念頭に速度を決めるべきだったと、反省したのだった。

■

「ただいま」

その声に反応して、ラボの照明がつく。

膨大なルーメン数の光が設備を照らして、僕の目に見慣れた光景を届ける。Ra90の入射光は正確な色彩を反射しているはずだけれど、それがどれくらい研究にとって意味があるのか、僕はあまり実感していなかった。

このラボは僕の個人設備であり、僕しか使えない。だが、僕が作ったわけではない。

母さんが遺《のこ》したものを、そのまま引き継いだのだ。

母さん――水溜稲葉は、正しく天才だった。

ソルトの基礎をはじめとしたさまざまなロボットを開発し、そして――病に倒れた。

い、いおじさんに引き取られた後も、僕は母さんの背中を追っている。

だから僕は、研究しなくてはならない。

母さんのような、素晴らしい研究者になるために。

ラボは地下1階と地上階をぶち抜いた作りになっている。僕はキャットウォークから無骨なリフトを降りてメインフロアに立つと、電源ボタンを押してPCを立ち上げる。どうせほとんど僕しか立ち入らないので、セキュリティは入室にしかかけていない。まあ、そもそも、このラボに価値ある研究なんてないのだが。

母さんの研究データはPCに入っているけれど、普通の人には読めないし。

僕はPCが起動に要する数瞬の時間に、ふう、と溜《た》め息《いき》をつく。

一応自宅もあるのだが、放課後は直接ラボに来ることが多くなった。こっちのほうが、ただいま、という感じがする。自宅は単に睡眠をする場所だ。船にとってのメンテナンスドック、あるいは動物にとっての水飲み場。船のあるべき場所は海だし、動物が駆けるのは草原だ。僕も同じ。僕は研究をするために生きている。だからラボにいる。それはほとんど自然の摂理といってもよい。

僕が鞄《かばん》を下ろそうとすると、ソルトがやってきてそれを受け取る。

「ありがとう」

声をかけると、顔の中心に縦に並んだふたつのインジケーターが、何度か光って応えた。ソルトは鞄《かばん》を持って隅に置く。

そういえば、自分はなぜ学校に通っているんだろうな、と思う。

当然ながら学ぶべき内容があるわけではない。おじさんには、高校は行っておいたらいいじゃないか青春なんか今しかできないぞ、という極めて適当な理屈を言われてなんとなく納得してしまったけれど、よくよく考えたらなんだそれ。無駄そのものじゃないか。また先生に怒らられるのも、怒らせてしまうのも面倒だ。適当に理由をつけて休んでもいい。

まあ、青春がどうとかはともかく。

研究にインスピレーションは必要だ。

多分そういうことだ。

しかし願わくは、研究に寄与するインスピレーションであってほしいとは思う。

この研究も、うまくいけばいいのだが。

そう思いながら目線を向けた先には、他のソルトと区別するためにブラウンの塗装を施した試作新型ソルトがいる。隔離されたエリアに置かれたそのソルトの背中には、幾つものケーブルが繋《つな》がっている。

僕はとうに立ち上がったコンピュータに向き合うと、これまでのものに幾つかコードを書き足していく。一通り入力してビルドを押す。振り返ると、画面上に表示されたインジケーターの数字とソルトの顔に配されたＬＥＤの点滅が、僕が書いたコードの転送を示している。

僕は、ソルトをアップデートしたいと思っている。

ソルトは高度な人工知能を搭載している。フレーム問題を克服した強い人工知能だが、母さんが構築した基幹部分はブラックボックスになっていて、誰も解析することができない。だから本来のポテンシャルはもっと高いはずなのだ。校舎の掃除ひとつとってもそうだ。もっと柔軟にいろいろな判断ができたほうが、効率的に物事がこなせる。

要するに。

僕はソルトを、もっと人間に近づけたいのだ。

やがてすべての準備が整うと、うなだれたソルトは動き出す。

今度こそ、成功してほしいものだけれど。

最近は、そんな期待すらもポーズになりつつある。

どうせうまくいくわけがない。

そう思ってしまっている自分に、気づかざるを得ない。

……けれどそんな僕の小さな絶望は、インターホンの呼び出しに中断される。外部に設置したアームつきカメラが、来訪者の映像を捉えて、ディスプレイに表示する。

笑顔で手を振っているのは、見慣れた顔だった。

柔らかくうねる長い髪。優しげな眼差《まなざ》しに、おっとりした笑顔。

「ああ、絵里《えり》さんですか。どうぞ」

僕はセキュリティに認証を与えて、彼女を招き入れる。ほどなくリフトが動く大きな音がして、絵里さんが降りてきた。

「ちょっと見ない間に、ずいぶんラボが様変わりしたね、明くん」

「絵里さん。いえ、ここは相変わらずですよ」

絵里さんはおじさんの研究室に所属する研究者だ。僕がおじさんに引き取られたときにはすでに研究をはじめていたから、大先輩ということになる。今はおじさんのもとでソルトの改良を手掛けている。

若くて優秀で、そのうえ美人。周囲がそう噂《うわさ》するのを何度も耳にしてきた。研究者に外見がどう関係あるのか僕には正直よくわからなかったが、それはともかくとして——今のソルトの幾つかの部分は絵里さんが考案したものだ。特に車輪のサスペンション形式を変更したのは絵里さんのアイディアで、着地時に頭脳部分が受ける衝撃を24％も減らした。地味だけれど重要なこと。絵里さんはそういう小さな改善を提案するのが得意なのだ。

それは彼女の面倒見のよさとも、なんとなく関係があるような気がする。

確かにおじさんは絵里さんから見て恩師であるかもしれないが、僕はただの後輩にすぎない。

そんな僕の様子をこうしてときどき見に来てくれるのは、面倒見がよい証拠だ。

もし姉がいたら、こんな感じなのかなと思う。

そんな絵里さんは、ここ1ヶ月ほど研究の用事で海外に行っていたらしい。久々の顔合わせとなったのは、そういうわけだった。

「今はなんの研究をしてるの？」

絵里さんはそう言うと、ディスプレイが見えるよう、僕の横に回り込んだ。

「なにって……なんでしょう。多分人工知能だと思います」

「それはもうソルト用に作ったじゃない」

「強化学習より知的活動を模倣できるやつですよ」

ついそれらしくごまかしてしまう。人間に近づけたい――なんて曖昧な目標を口にしたくなかったのだ。特に絵里さんの前では。

「ふぅん、すごいね」

それを知ってか知らずか、絵里さんも軽く流す。

「じゃあ、あれはなに？」

「人工培養した不老不死のクラゲです。この間五匹ほど死んでました」

「へぇ……じゃ、あれは？」

「変形ロボットです。変形の途中で壊れました」

「ふぅん……あれは？」

「5分でカップ麺が仕上がる装置です」

「……自分でやった方が速そうだね？」

「当たり前じゃないですか」

茜さんにも同じことを言われたな、と思い返す。茜さんには言い返してみたけれど、同じ研究者の絵里さんに言われると皮肉を返す他なかった。

「つまりは全部失敗作です。僕はまともにものを作れたことがないんですよ」

「なに言ってるの。それこそ君はソルトを作ったじゃない」

「あんなもの……母さんの遺産みたいなものですよ」

「もう、そんなこと言って……」

そのとき。

低い周波数のブザーが鳴る。

その中に、金属がきしむ音。

僕と絵里さんは、音のするほうに視線を注ぐ。

そこではブラウンのソルトが、頭を抱えて苦しんでいた。

ギリギリという音は次第に強まる。頭を抱えたソルトが、そのまま頭を引っ張る。フレームから首が外れ、赤と青のコードが引っ張りに耐えられず、ブチブチと破断していく。

そして火花が散って。

ソルトは、自分の首を引きちぎった。

まるで苦痛に耐えきれず、自分を殺してしまったかのように。

いや。

それはくだらない感傷にすぎない。

ロボットであるソルトに、苦痛などあるわけがなく。

死ともまた無縁なのだから。

僕は足元に転がってきたソルトの首を拾い上げる。

今僕が受け止めるべきなのは、それよりも――

「あーあ。ほら、また失敗」

――どうしようもなくシンプルな、失敗という事実だった。

原因はまだ不明だった。

なんらかの要素が不整合を起こしていて、その結果自壊してしまうのだろうとは思っている。

しかしなんらかのというのは、なにもわかっていないのと同義だ。思いついた仮説はすべて検証段階でこうして棄却されていく。その繰り返しだった。

「やっぱり僕には向いてないのかなぁ」

持ち上げたソルトの頭。明滅するコンピュータの光に、僕は思わずつぶやく。

「ねぇ、母さん――」

「明くん……」

応えてくれたのは、絵里さんの声と、肩に置かれた手の、温かい感触だった。

思わずこぼしてしまう。

「母さんみたいな研究者にならないといけないのに……僕はいったいなにをやっているんですかね」

「稲葉さんと比べちゃダメだよ。あの人は――」

僕の肩に置かれた手が、すっと離れた。絵里さんの声にどこか苦々しさが交じる。

絵里さんの言いたいことはわかる。

水溜稲葉は――母さんは、本物の天才だったから。

でも、話はそれ以前の問題だった。

「それでも、僕にはどうしてもやらなければならないことがあるんです。ソルトは今のままじゃダメだ。ソルトはもっと、人間に近くないといけないんです。母さんは第二人類としてソルトを作ったはずだから。でもどうしたらいいのかわからなくて――」

第二人類。

母さんの研究メモに書かれた、ソルトのコンセプトだ。

それが本当の意味でどんなものなのかは、僕も理解しているとは言い難《がた》い。けれど母さんがソルトを人間に近づけようとしていたことは確かだ。今のソルトも、ロボットとしては極めて高性能だ。さまざまな問題を自力で解くことができる強力な汎用人工知能。でもそれでは足りない。足りないのだ。

「研究って、やったらやっただけ進むものじゃないもんね」

困ったように笑う絵里さんに、僕は藁《わら》にもすがる思いで聞いてみる。

「絵里さんはそういうとき、どうしてますか？」

「わ、私？」

自分を指差してあからさまに面食らってから、視線を外して絵里さんは考える。まるで答えがわからないのに先生に当てられてしまった生徒のような、子どもっぽい表情で。

「えっと、そうね……誰かに相談したりとか？」

「今してますよ、相談」

「ほら、私なんかじゃなくて、庄一《しよういち》先生とか」

「おじさんかあ……」

僕は丸い眼鏡をかけた、どこか人を食ったような笑顔を思い浮かべた。

高峰《たかみね》庄一。母さんの同期にして、今は僕と絵里さんの研究室の教授。そして、母さんを亡《な》くした僕を引き取ってくれた保護者。

教授になるくらいだから、間違いなく優秀な研究者だ。一方で、母さんとはまったくタイプが違う人物でもある。

「おじさんはお金になる研究は得意なんですけど……」

「またちょっと別の才能だよね」

そう言って絵里さんは苦笑いを浮かべる。

「でも、それがあるから研究予算がたくさん使えるんじゃない。ソルトだって、サポートロボットとしては大ヒットだったし」

「それは、まあ」

絵里さんの言うことは正しい。

ものを作るにはお金が必要だ。

庄一おじさんがいなければ、母さんから引き継いだソルトは完成させられなかった。おじさんが立てたコンセプトは、第二人類を目指した本来のソルトとは異なっている。人類に役立つサポートロボットとしてスペックダウンしたものを販売しよう——というのが、おじさんの考えだった。必要な要件を抜き出し、それに十分な部分だけを実装する。こうしてソルトはできあがり、おじさんは投資を集めて生産と保守を担《にな》う会社を立ち上げ——そして僕と会社の権利を分け合ったのだった。

庄一おじさんは人智《じんち》を超えた天才というタイプの研究者ではない。誰にでも理解できることを、誰にでも理解できるよう説明し、誰にでも理解できるようにデモンストレーションするのが得意な人なのだ。

それはそれで、類稀《まれ》なる才能だと僕は思う。

しかし、僕の行き詰まりを解決してくれるビジョンは、正直湧かなかった。

「絵里さんはどうなんですか」

「私は、そうね、引き続きソルトの改良かな」

「改良ですか。具体的には？」

「二足歩行化ユニットの開発ね。今の車輪ももちろんいいけれど、都市は人間が活動するように設計されてるから、人間に近い形状のほうが都合がいいでしょ？」

「今でも階段は昇り降りできますよ。それに、内部機構が複雑化してコストが上がりませんか？」

「うん、いい指摘だね。では質問です。高コスト化してでも人間の活動領域に完全対応する機動力が求められる用途はなんでしょう」

僕は少し考える。

「配備数よりも移動のスピードと確実性が要求され、しかも車輪では移動しにくい環境で活動する——民生用ではないのでは？」

「正解！　警察とか消防に売り込んだらいいんじゃないかって、庄一先生が」

「いいですね。危険な領域だから、人間に替わってソルトを導入する意味もある——そうか、それで海外に？」

「そういうこと。治安がいい日本には、ちょっとオーバースペックだからね」

「コンセプトが明確だ。でも、ソルトの仕様はサポートを前提としているから——」

「うん、全体に手を入れないとダメだね。重量増を飲み込んでパワーを上げて、増えたぶんは下半身の設計で吸収かな。コストも激増するけど……なにかを手に入れるためには犠牲がつきものだから」

「さすが絵里さんですね。的確だと思います」

「うーん……結局ソルトが母体であることには変わりないし……自分でなにかを作ってるって

感じはあんまりしないけどね……」

「そんなことないですよ」

「研究、か……」

絵里さんはそうつぶやくと、壊れたソルトに目をやった。

僕は絵里さんのことを、少し羨ましいと思う。

明確な課題を見つけ、解決する。そしてそれが、ソルトの性能向上というかたちで世の中にプラスの影響を与えていく。もし絵里さんの高機動型ソルトが完成したら、それは人の命を救うことになるだろう。

それに比べたら。

僕はただ。

同じ場所で、足踏みをしているだけだ。

壊れたブラウンのソルトが、こちらを見ている気がした。

内側から湧き上がってくる、マグマのように熱く静かな衝動が、僕を突き動かす。

なんとしても。

このソルトを完成させなくてはならない。

きっとそれが、僕を次のステップに導いてくれるはずなのだ。

■

僕の悩みに思いもかけないアプローチが見つかったのは、翌日の学校でのことだった。

昼食をとるべく学校の屋上に出ると、いつものように邦人《くにひと》が座っていた。コンクリートの床面にあぐらをかいて、昼食をひろげている。

「お、やっと解放されたのか」

そう言って、いつものちょっと皮肉っぽい笑みを浮かべる。ゆるめたネクタイが首元で揺れるのと対照的に、整髪料で持ち上げた前髪はしっかりとキープされていた。

僕と邦人は、こうして屋上で昼食を食べることが多い。明るくちょっと調子がいいところのある邦人は僕とは正反対だったが、不思議と気の合う友人だった。たぶん、正反対なのがいいのだと思う。人間関係の機微とやらに鈍感な僕にとっては、学ぶところの多い相手でもあった。

「邦人、最近よく人に怒られるんだ」

「なにをいまさら。明はいつも怒られてるだろ」

「そうだっけ？」

僕は邦人が投げてよこした牛乳パックをキャッチすると、隣に腰を下ろす。

まあ、言われてみるとそうかもしれない。

今までなにをしていたのか。茜さんに言われて、清掃用ソルト暴走の件について反省文とやらを書かされていたのだった。そもそもあれは暴走ではなくて意図どおりの動きだし、本質的な問題はソルトの設計強度というハードウェア制約を想定しなかったソフトウェア実装なのだが、それは重要ではないらしい。弁償して責任は果たしたので、反省文と言われてもなにを反省したものやらまったくわからなかった。そこで僕の筆跡を真似《まね》られるロボットに任せようとしたのだが、茜さんに怒られて阻止されてしまった。

そんなわけで、僕は茜さんの監視のもと、これまで直筆の反省文を書いていた。

そういう単純作業こそロボットにやらせたほうがよいと思うのだが。

人間というのは難しい。

僕が釈然としない思いを抱えながら栄養食の封を切ると、邦人がニヤニヤしながら話しかけてくる。

「それよりも聞いてくれ。大ニュースなんだ」

「あ、最近ついに購買ができた話？」

「ちげぇよ……」

違うのか。栄養食の入手効率が上がった。大ニュースなのに。

「いやぁ、ついに彼女ができたんだ。前に言ってたバイト先の先輩でさ」

そう言いながら、邦人はスマートフォンを僕に手渡してくる。

画面を覗《のぞ》くと、そこには「くにくーん」と声をあげながら手を振る女の子の姿があった。帽子にエプロンという出《い》で立《た》ちを見て、そういえば邦人のアルバイト先はファミレスだったなと思い出す。

顔を上げると、邦人はなにやら目を閉じてうっとりした顔をしていた。

「な？　かわいいだろ？　髪がさらさらでさぁ、いい匂いがするんだ」

「ああ、それは自分の遺伝子にない免疫を持った相手を探すための生物のシステムで、君の彼女も――」

「うるせぇうるせぇ！　とにかく！　俺は今彼女のおかげでパワーアップしたんだよ！」

現象の説明を遮って、邦人は声をあげた。

いつもなら、よくわからない、で済ませたのだが。

今日はその言葉が、妙に気になった。

「……パワーアップってどんな？」

「バイト先の仕事を倍の速度でこなせるようになった」

「倍の速度……？　それは本当にすごいね」

恐るべき効率性だ。免疫の遺伝的距離が遠い異性同士を近接した職場に配置することで作業効率を倍にできるとしたら、飲食店のアルバイトには革命が起きるだろう。

「彼女ができる前とできた後の俺は別人さ。だから明、お前も彼女作ってみろよ。世界が変わるぜ？」

いや飲食店における人員配置の最適化は僕の専門じゃないから。

そう言おうとした、そのとき。

なにかが僕の中で、嚙《か》み合《あ》う音がした。

別人。

世界が変わる。

彼女で、パワーアップ。

それは何度も僕のなかで反響し、その波紋はやがてひとつのアイディアを浮かび上がらせる。

「明……？」

「帰る」

気がつくと、僕は立ち上がって走り出していた。

邦人がなにか言っていたが、そんなことは関係なかった。

僕はまっすぐにラボを目指す。

「彼女でパワーアップ――」

見つけた。

見つけたぞ。

僕が研究者としてパワーアップする方法を。

もし、アルバイトの作業効率を倍にするほどの力があるのなら。
研究者としての僕の力だって、大きく高めてくれるはずだ。
シンプルにしてユニークでダイナミックなソリューション。
そう。
僕は、彼女を作ればよかったんだ！

メイクアガール
MAKE A GIRL

第二章 ―― INITIATION

やがて。

「えー、今日はだな。その、なんというか、転校生――新しい生徒がこのクラスに加わることになった……」

いよいよその日はやってきた。

僕はいつものように、2年A組で自分の席に座っていた。教師の戸惑いに満ちた歯切れの悪い言葉さえ、僕にとっては福音のようなものだ。光あれ、すると光があった。そして――

「――入ってくれ」

教師がそう言えば、彼女が入ってくる。

その姿に、クラスがどよめいた。

緑がかったグレーのスカートが、眩《まぶ》しい脚の上ではためく。天気の良《い》い日曜日の朝に、風でたなびくカーテンのように。色素の薄いボブカットは、光の入り方でうっすらと虹のように色が変わって見える。艶のある瞳の輝きは、貝殻の裏側に似ていた。

彼女は教壇の横で止まると90度旋回し、クラスに向き直る。

そして、名乗る。

僕の与えた、名前を。

「水溜0号です。よろしくお願いします」

クラスの全員の目が、僕を見た。

しまった、と思う。

水溜《みずたまり》。うっかり僕と同じ苗字《みょうじ》にしてしまった。学校の書類を埋めるときに適当に書いたのだが、これではまるで家族ではないか。

まあそうなってしまったものは仕方がない。

今更変更しても混乱を招くだけだ。

しかし0号《ごう》は、それを意に介すことはない。

「では、0号さんは水溜——明《あきら》の隣に座ってくれ」

「はい」

教師の指示に従って、彼女——0号は僕の隣の席に座った。その無駄のない安定した動作を、僕は満足して見つめる。

「おい！　どういうことだよ！」

ざわつく教室をなんとか教師が鎮《しず》めてホームルームを再開したころ、邦人《くにひと》が振り向いて小さな声で話しかけてきた。視線はチラチラと0号のほうを窺《うかが》っている。

「お前、こんなにかわいい家族がいたのかよ。学年同じだから姉でも妹でもないよな。双子……って話は聞いたことないし。いや、いとこか？　っていうか、0号ってどういう名前だ？」

「0号は僕の彼女だよ」

「はあ⁉」

大きな声をあげた邦人は、しまったという顔をしてあたりを見回すと、もう一度声を落とした。

「どういうことだよ⁉」

「いやあ、邦人に言われてひらめいてね。作ったんだよ」

僕は質問に答える。あまりの誇らしさに、さすがに得意気な響きになってしまう。

「作ったって……お前、正気か？」

「よくできてるだろ？」

こんなに短期間で0号を作ることができたのには、理由がある。

母さんが残していったデータの中にあった、ひとつの研究。

人間の作り方。

厳密にはそれは人間ではないのだが、今は些細《ささい》な問題だ。

とにかく重要なのは。

僕に、彼女ができたということだ。

「ね、0号」

話しかけると、彼女は答える。

一点の曇りもない表情で。

「はい、明さん」

「うおっ、返事した」

邦人は驚いてまた大きな声を出すが、先生に睨《にら》まれて声をひそめる。しかし反省することもなく、教科書を立てて顔を隠しながら、後ろを向いて小声で、今度は0号に話しかけた。

「こんにちは、ええと、0号ちゃん？」

「こんにちは」

しかしそこで会話は止まってしまう。

戸惑う邦人の視線を受けて、僕は0号に先を促す。

「0号。そういうときは、相手の名前を聞くんだ」

「わかりました。あなたの名前はなんですか？」

「俺は、ええと、邦人。邦人だよ」

「私は0号です。はじめまして、邦人さん」

「すげぇ！　いや、すげぇ、けどよ――」

「そこ、いい加減にしなさい！」

「うっす……」

邦人は教師にとうとう怒られ、複雑そうな顔をして渋々前を向いた。

僕はいつものように授業を聞き流しながらパソコンを開いていた。

隣には、０号が座っている。

それだけで、なにかがはじまりそうな気がした。

いや、実際に、はじまったのだ。

僕の新しい暮らし。

彼女がいる、暮らしが。

■

「……なぁ」

「うん？」

「確かに彼女を作れとは言ったけどさ」

昼休み。話しかけてくる邦人の表情は釈然としないものだった。邦人の視線の先にいるのは、もちろん0号だ。姿勢よく前を向いてじっとしている。

「どこの世界に科学的に彼女を作るやつがいるんだよ」

それがさっき言いかけて言えなかった言葉だったのだろう。

「ああ、0号のこと。これでようやく僕も研究者として前進できるはずだ。邦人のおかげだよ」

「お前が納得してるならいっか」

邦人はそう言って肩をすくめた。そういう適当さは僕にとっておおらかさであり、それが邦人と友達でいられる理由だった。

「でも、わざわざ学校に連れてくることもなかったろうに」

「彼女の何がパワーアップにつながるかわからないからね。僕の確実なパワーアップのためにも、平均的な社会性を身につけておいてほしいんだ」

「お前がそれを言うか……」

邦人がいったいなにに呆《あき》れているのかよくわからないでいると。

「パワーアップって？　また何かろくでもないこと？」

眉をひそめながら、茜《あかね》さんがカットインしてきた。

「違う違う。明が彼女を……じゃなくて人を作ったんだってさ。ほら、転校生の」

「人を作ったって……ああ、苗字《みょうじ》が一緒だから親戚かなって思ってたけど。また非常識な話ね」

「やけにすんなり受け入れるんだな。これって結構すごいことじゃないか？」

「今更人を作ろうが、宇宙人を作ろうが驚かないって。でも、騒動が二倍になることだけはごめんだからね？」

茜さんはそう言いながら、0号の机に手をついて顔を覗《のぞ》き込む。

0号は反応に困ったようで、僕に助けを求めた。

「どういう、意味でしょうか」

「茜さんは時々難しいことを言うんだ」

僕の答えに呆《あき》れたのか、茜さんは大きなため息をつくと肩を落とした。

「はぁ……変な名前だとは思ったのよね。0号なんて」

「そうだよ。その時点で気づけって」

邦人は笑いながら、茜さんをからかう。

「あなたと違って、私は転校生が変わった名前だからって差別したりしないの。ていうか、もっとかわいい名前つけてあげたらよかったじゃない」

茜さんの意見には納得できないので、僕は反論する。

「いや、ナンバーで管理したほうが機能的だよ。名前だけで制作順がわかるんだから」

「制作順って、あなた他にも作る気なの？」

「そうじゃないけど、最初からうまくいくとは限らないから。0号が完成しなかったら、次を作った可能性はあるよ」

「少なくとも非常識は二倍ね。……というか、学校にはなんて説明したの？」

「ほら、おじさんが学校にソルトを格安でリースしてるだろ？　そのツテで転校生ってことにしてもらったんだよ。いちいち他の生徒に説明するのも大変だからね」

「なりふり構わなさすぎる。そんなに……その……彼女が欲しかったの？」

茜さんはなぜか途中で言《い》い淀《よど》みながら、僕にそう聞いた。

「そりゃそうだよ！」

研究者としてパワーアップできるなら、あらゆる手段を試す。当然のことだ。

「ね、邦人」

「え、いや、俺は関係ないだろ！」

慌てる邦人には構うことなく、茜さんは0号の顔を覗《のぞ》き込む。

「ふーん……」

「茜さん。どうして、私の顔を見つめるのですか？」

不思議そうな顔で、0号は首をかしげる。

「0号ちゃん。そういうときは、なにかついてますか、って聞くんだよ」

なぜか得意げな邦人の言葉に、0号は素直に従う。

「なにか、ついていますか？」

「……かわいい顔がね」

茜さんはそう言い放つと、不機嫌そうに0号から顔を背けた。

0号は表情を変えないまま、僕に報告する。

「明さん。私、褒められました」

「よかったね」

「どうしたらいいですか？」

「うーん、そうだな。お礼を言って、相手を褒め返す、かな？」

0号は言われた通り茜さんに向き直ると、顔を見上げた。

「ありがとうございます。茜さんもかわいいですよ」

「嫌味にしか聞こえないわね……」

言われた茜さんの表情は引きつっていた。それを見て、邦人が混ぜ返す。

「おいおい、先に嫌味を言ったのは茜だろ？」

「うっ……そんなことないわよ！」

「よし、0号ちゃん。茜をもっと褒めてみよう！」

「はい。茜さん、目がぱっちりしています。指が長いです。脚が細いです。お尻が大きいです。胸が……」

「やめてやめて！」

顔を赤くして嫌がる茜さんに、０号は困惑している。

「同年代の女性の平均と比べて、よいとされている点を挙げたのですが……」

「平均って……人の見た目をとやかく言わないの！」

「でも、茜さんは私の見た目をかわいいと言いました」

僕は深く頷《うなず》く。

「ね、言っただろ。茜さんは時々難しいことを言うって」

「これは面倒なことになりそうね……」

頭を抱える茜さんを見て、邦人はニヤニヤしている。

「どっちかというと面倒なのはお前じゃね」

「もう！」

そうこうしているあいだにチャイムが鳴って、茜さんはまだなにか言いたそうにしながらも席に戻っていく。邦人も前を向いて、鞄《かばん》から教科書を取り出す。僕が取り出すのはもちろんＰＣだ。学校の授業なんて聞いても仕方がない。

僕はＰＣに向かって作業をしながら、静かに座る隣の０号に、ときおり目をやる。

彼女は行儀よくきちんと座って、黒板のほうに目を向けている。

僕の視線に気づいて、０号がこちらを向いた。

目が合う。

0号の口元が、少し微笑《ほほえ》んだように見えた。

はっきりした変化があったわけではない。

けれどほんの少し。

体温が0・1℃くらい、上がったような気がした。

これがきっと、パワーアップの予兆というやつなのだろう。

0号と一緒に研究するのが楽しみだ。

■

「さて、0号。僕は君という彼女ができたおかげでパワーアップしたはずだ」

「はい」

「最近失敗続きの研究もうまくいくと思う。そこで君に大事な使命を言い渡す」

「はい」

「その辺で立っていてくれ」

「はい」

学校が終わり、ラボに直接来て、今。

そう言い渡したのがさっきのこと。

PCのスペースキーを押して、ブラウンのソルトにプログラムを送る。

ソフトウェアをアップデートされたソルトは、今までとまったく異なるなめらかな動きで動きはじめる。

やった。とうとう成功した。

——そうなるはず、だったのだが。

ブラウンのソルトは、今までとまったく同じように、頭を抱えて苦しみだした。

「失敗だ……」

また自己破壊されると修理が大変なので、すぐに電源を落とす。

おかしい。

彼女ができて、僕はパワーアップしたはずだ。

アルゴリズムだってかつてない出来栄《できば》えのはずだ。

なぜだ。

僕は0号に目をやる。

もしかして、彼女のパワーアップの影響範囲は、思っていたより限定されているのかもしれない。学校にいる、彼女と離れた邦人は、いつもの邦人だった。それは彼女と物理的に近い場所にいるからこそパフォーマンスが向上していたことを強く示唆している。

「0号、そこじゃないらしい。少し移動しようか」

僕は後ろから彼女の両肩を押して、デスクに近づける。

「よし、ここにいてくれ」

「はい」

0号の返事を受けて、僕はもう一度ソルトの電源をオンにする。

やっぱりそうだった。0号が近くにいないとパワーアップできないんだ。たとえるなら磁場のようなものだ。その影響は距離に応じて減衰するため、近くにいないと作用しない。今度こそ実験は成功だ。

——とは、ならなかった。

「これも違う……彼女を作る前と比べても研究がパワーアップしない……場所はあまり関係ないのかな?」

となると、他に認識できていない条件があるのか?

「彼氏彼女でパワーアップしたいときはこれでしょ」

突然僕の前に、一冊の本が差し出される。

カラフルで雑然とした表紙に、ふたりの男女が載ったそれは、どうやらマンガ雑誌のようだった。

そしてそれを手渡しているのは。

「絵里《えり》さん、まだいたんですか……これは？」

「少女漫画雑誌。私も恋愛はよくわからないけど、こういうリファレンスを見ればなにかわかるんじゃない？」

そう言って、絵里さんは楽しげに0号と肩を組む。

なぜ絵里さんがいるのかといえば、たまたま切れてしまったソルトの部品を取りに来たからである。さっき用事は済んだので、てっきりもう帰ったのだと思っていた。

ちなみに絵里さんには、彼女を作ったことはもう話していた。邦人や茜さんのように呆《あき》れられるかと思ったが、絵里さんの顔に浮かんだのは、純粋な驚きだった。そういうこともあるよね、と頷《うなず》いていたのだが、それは自分に言い聞かせているようにも聞こえた。それがどういう感情なのか、僕には正確なところはわからない。それでもこうして、僕と一緒に、たびたび0号の様子を気にしてくれていることは間違いなかった。

「なるほど……」

言われてみれば、0号はまだ彼女になったばかりだ。なにかパワーアップに必要な条件があるのかもしれない。

僕は雑誌をめくってみる。自由変形された四角形で区切られた領域に人物が描かれ、丸みを帯びたエリアには言語が書かれている。マンガなんて読むのは久々だが、改めて見るとずいぶん独特な形式だ。

僕は感心しながら、ページをめくってそれらしいシーンを見つける。

「よし。0号、来て。このポーズから」

僕は0号にポーズを指示する。両手でハートを作るポーズだ。心臓を抽象的なシンボルとして表したハートのマークは、古来から愛情の象徴として扱われてきた。彼氏彼女の関係とは切っても切れないものといえるだろう。やはりリファレンスから得られるものは大きい。

しかしよく文脈を見てみると、このポーズをしている女の子はアイドルで、ファンに向けたもののようだ。もう少し実践的なシチュエーションのほうが合っている気がする。

僕はページをめくって、他のサンプルを探す。

「今度は台詞《せりふ》を言ってみよう。表情も再現してね。じゃ、これ」

「へっ、おもしれー女」

しまった、これは男の子の台詞《せりふ》だった。0号の表情も勇ましい感じである。

「ええと……これ、いってみようか」

「あなたのことがずっと好きだったんです」

「表情はいいね。声にもう少し感情を込めて」

「声に、感情、ですか?」

0号はきょとんとした顔で首をかしげている。確かに顔の表情は見本があるものの、声については マンガから窺《うかが》い知ることはできない。

「そうだな……前後からして、これは主人公の女の子が、好きだった相手にとうとう告白するシーンだと推察されるね。要素としては好意をベースに、それを伝えたいという必死さ、これまで想《おも》いを隠してきたフラストレーション、ようやく言えたという開放感もあるかな」

「好意、が難しいです」

「うーん、ならいったん性的興奮としておこうか。それならどう？」

「やってみます」

0号はうなずくと、一呼吸置いてもう一度台詞《せりふ》を再現する。

「あなたのことが、ずっと……好きだったんです！」

体の揺らし方、視線の逸《そ》らし方、声の間の取り方、どれも自然だった。頬に赤みさえ差している。かなりいい感じだった。この調子で学習していけば、意外と早く彼女として完成するかもしれない。

「いいね。次はこれいってみよう」

「なんで、なんで私の想《おも》いを信じてくれないんですか⁉　こんなに頭の中が、カケルのことでいっぱいなのに！」

「登場人物の名前は僕の名前に変換して」

「こんなに頭の中が、明さんのことでいっぱいなのに！」

0号の頬は赤らみ、声は割れていた。薄い虹色の瞳が、訴えるように僕を見つめている。

それを見て、僕は自分のなかにさっきと同じ感覚が湧いてくるのを感じた。

体温がほんの少し上がる感覚。

やっぱり、僕は0号から影響を受けている。このまま続けていけば、きっとパワーアップできるに違いない。

しかし僕はあまりにも当該分野に対して知見がなさすぎる。効率的にパワーアップできそうな要素に絞って効率をあげたいところだ。

「もっとインプットにバリエーションをつけてみようか。絵里さん、どう思います？」

絵里さんに話しかけたつもりだったが、返事がない。振り向いてみたが、いると思った場所にいなかった。

「……絵里さん！」

見回すと、僕のデスクに座ってPCに向かっている絵里さんが目に入った。

僕は声を張って彼女を呼ぶ。

絵里さんはいきなり声をかけられたことに驚き、ビクッと肩を震わせる。

「わっ、なに？」

「このポーズ、どう思います」

0号に取らせたモップを振り上げるポーズについて聞いてみる。

「あ、ああ、うん。いい感じじゃないかな？」

しかし絵里さんの返事はどうにも要領を得ない。バトルシーンはダメということなのだろうか……？　そう推察したが、絵里さんの質問で理由は明確になった。

「……ねぇ、明君。私も0号ちゃんと実験したいんだけど、いいかな」

「絶対にダメです」

「だよねぇ」

絵里さんはごまかすようにふわりと笑った。思わず強い言い方になってしまったことを反省し、僕は理由を説明する。

「インプットはちゃんと管理しないと。0号の社会性はまだインビボには早いですからね。学校ぐらいが関の山です。細胞を培養している試験管を野ざらしにしないのと同じですよ」

「……そうだね」

絵里さんは納得してくれたようで、デスクから立ち上がる。

「じゃ、私もそろそろ行くね。ソルトの改良進めなきゃ」

「はい。また」

僕はラボから出ていく絵里さんの背中を見送ったあとで、0号との実験に戻る。

「じゃ、これいってみよう」

「……このまま、時が止まってしまえばいいのに。ね、明さん……？」

「時間の停止か。相対速度が亜光速に近づけば近い状態が実現できるかな。次」

「あんな女のどこがいいの？　明さんには、私がいるじゃない！」

「女——今の文脈だと絵里さんか。絵里さんには研究者として学ぶべきところがたくさんあるよ。でも彼女じゃないし、機能的に交換不能だ。次」

「べ、べつに明さんのことなんか、好きじゃないんだからね！」

「うーん、好きならそう言えばいいのに、この台詞《せりふ》は変だな？　次」

「わ、私、どうなっちゃうの〜〜〜？」

「短期的には感情を学習して、中長期的には彼女らしくなってほしいかな」

0号は指示通りにくるくると表情を変えて、台詞《せりふ》を読み上げていく。

しかしさっきわずかに感じた変化はだんだんとしぼんでいって、ついにはなにも感じなくなってしまった。

「うーん、なにか違うんだよな……むしろ外的な攪乱《かくらん》が必要なのか……意外と絵里さんにも協力してもらったほうが……」

0号を立たせたまま、ヒントを求めてPCに向かう。

「あれ？」

青いマウスが壊れていることに、僕はそのときはじめて気づいたのだった。

■

自分が詳しくない分野については、知見がある人に聞くのが一番だ。

ということで邦人に聞いたところ、いわく。

「それはずばり、自主性だな。お前は手遅れだとしても、0号ちゃんはまだ生まれたばかりだろう？　まだ赤ん坊だ。男女の機微なんかわかるわけがない」

「でも、知識はインプットしてあるはずだよ？」

「そういうのは、経験が伴わないと知恵として消化されないんだよ。だから——」

そうして邦人が示した解決策は、意外なものだったけれど。

行き詰まった僕は、それに乗ってみることにしたのだった。

第三章 ACTIVATION

私の名前は、水溜《みずたまり》0号《ごう》。

明《あきら》さんの彼女です。

生まれたばかりの元気な生後1ヶ月です。

なので、私にはわからないことがたくさんあります。

立派な明さんの彼女になるべく、今日も勉強中です。

「週末に山田《やまだ》くんとカラオケに行くんだー」

「え、山田君？　意外」

「クラスで知らないの茜《あかね》と水溜君だけだよ」

「えぇ……」

茜さんとお友達ふたりのそんな会話を、私はファミレスで聞いていました。

もちろん、みなさんの仲間に入れてもらったわけではありません。隣の席からこっそりと、です。

どうしてそんなことをするに至ったのか。

それはもちろん、明さんがそうしろと言ったからです。

どうも私には、彼女として足りない部分があるみたいです。

うまくパワーアップに貢献しない私に悩んだ明さんは、邦人《くにひと》さんに相談しました。

そこで邦人さんは、私には自主性が足りない、と言ったそうです。

私はまだ生まれたばかりの赤ん坊と一緒。知識はちゃんとインプットされているので、どうにも納得がいきません。知識があっても、経験が伴わないとダメだとか。そのためには、平均的な女子――普通の女の子がどんなものなのか、知る必要がある。

そんな邦人さんの主張を聞いて、明さんはこう言いました。

「確かに一理ある。0号、茜さんを観察してみよう」

私は当然、こう答えました。

「はい。茜さんを観察します」

私は明さんの彼女です。

だから明さんの言う通りにします。

明さんのことを、パワーアップさせる。

私はそのために生まれてきたのです。

だから今もこうして、ファミレスでみなさんの会話に耳をそばだてています。

「いやいやそうだって。茜はホント水溜君以外に興味ないな〜」

「ていうか、茜は水溜くんと最近どうなの？」

「どうって言われても、どうもこうもないわよ」

「えー、そんなわけなくない？　けっこう一緒にいるじゃん。茜モテるんだしさぁ」

茜さんたちは、明さんの話をしていました。

「いつも……一緒に……」

それを聞いて、私は口の中でそうつぶやきました。胸のあたりにざわざわするような感覚があります。それは今までに経験したことがない気持ちでした。いえ、私は生まれたばかりなのですから、ほとんどのことは新しく出会う経験なのです。でも、なんだかその気持ちは、これまでのどの気持ちとも違うような気がしました。

「そんな簡単なものじゃないのよ、あいつとは」

「かんたんなものじゃ、ない……」

私の体は、茜さんの言葉を再び繰り返してしまいます。胸の感覚は、さらに強まりました。どこかに不具合でも発生しているのかもしれません。軽微なものだとよいのですが。

「ごめんごめん、悪かったって」

こちらに背を向けている茜さんの表情は見えませんでしたが、お友達が謝っていることから察するに、きっとなんらかネガティブな感情を表していたのだと思います。でも、私の想像が及ぶのはそこまででした。

もっと経験というものを積んだら、そういうこともわかるようになるのでしょうか？

「やば、いい加減なんか頼も！」

「ねぇねぇ見てこれ、期間限定のパフェ」

「おいしそ！　でもカロリーやばいな。シェアしよ、シェア」

「もーしょうがないなー。茜は？」

「私は……うん、私も一緒に食べよっかな！」

茜さんたちは、パフェを注文するようでした。

私は急いで店員さんを呼ぶと、同じパフェを注文しました。きっとこういうときにパフェを頼むのが、普通の女の子なのです。そして私がそうなることを、明さんは求めている。飲み物はみんな違ったので、どれが普通なのか今回だけではわかりませんでした。もう少しインプットが欲しいところです。今回は、いったん茜さんが頼んだ飲み物（ダージリン、だそうです）を頼みました。

「うわでっか！　これ3人でも多くない？」

そんな悲鳴が隣から聞こえてきたのは、私の目の前に、その巨大なパフェが置かれるのとほとんど同時でした。

この日、シェアという言葉の意味を、私ははじめて知りました。

■

「もう！　ずっとついてきてなんなの！」

夕暮れ時。坂道を登っているときのことでした。

茜さんは振り向くと、震えながらそう言いました。

私はあれからずっと茜さんの後をついていきました。お友達とパフェを食べ（私もがんばって完食しました）、お会計をして（明さんにお金をもらっておいてよかったです）、店を出てウィンドウショッピングに興じ（なにも買わないのに見て回るのが不思議でした）、お友達と手を振り合って別れるまで（私もこっそり手を振りました）、一定の距離を保って観察し続けました。しかしどうもそれは、茜さんにとっては望まざることだったようです。

私は茜さんの質問に、ちゃんと答えます。

「明さんに茜さんを観察するよう言われました」

「なんで？」

「平均的な女性を学べとのことです」

「むかつくなぁ……平均よりはがんばってるつもりなんだけど」

引きつった顔で髪に手をやる茜さんがどんな感情を持っているのかは、私にもわかりました。

「怒らせてしまいました。こういうときは謝罪をするんですよね？」

「そういうのはいちいち確認せずにやるの。……ったくあいつ、本当に私がいないとなにもできないのね」

私の振る舞いに対して、明さんに文句を言うのは、不思議に感じられました。でも、少し考えると、思い当たる言葉がありました。

製造者責任。私を作ったのは明さんです。だから私にできないことがあると、それは明さんができなかったことになってしまうのです。

これは大変だ、と思いました。私のせいで明さんの評判を落とすわけにはいきません。彼女として、もっとしっかりしなくては。

そのためには、ちゃんと茜さんを観察しなくてはなりません。

私は改めて、茜さんの様子を窺《うかが》いました。そっぽを向く茜さんには、今度は別の感情が浮かんでいるように見えます。私は意外なその表情をよく観察しようと覗《のぞ》き込みました。

「なに？」

「嬉《うれ》しそうです」

「嬉《うれ》しくない！」

そう勢いよく言った茜さんは、私に背を向けて、登り坂をずんずん大股で歩いていってしまいました。がんばってここまでついてきたのに、離されてしまうわけにはいきません。私は走って、茜さんの隣に並びました。

「茜さんは、明さんとは最近どうなんですか？」

「え、は⁉」

歩きながらそう話しかけると、茜さんは驚いた顔をしました。なにか変なことを言ってしまったのでしょうか。さっきと同じフレーズのはずなのですが。

「女の子同士は、こういう話をするんですよね？」

「ちょっと待って。もしかして、ファミレスからいた……？」

「はい」

盛大なため息が、茜さんから漏れました。

「あのね。人の後をついていって話を盗み聞きしたりしちゃいけないの。そういうの、ストーカーっていうのよ」

「ストーカー……普通の女の子は、ストーカーですか？」

「ストーカーな時点で普通じゃないわよ！」

「……ええと、すみませんでした」

さっき学んだことを実践しようと思って質問したのですが、どうやら的外れだったようです。普通の女の子の振る舞いというのは、なかなか難しいものです。

「ちゃんと謝った……あなたって、成長してるのね」

茜さんはさっきとは少し違った種類の驚きを浮かべました。謝罪はいちいち確認せずにやる。先ほどの学びを活《い》かしたのですが、今度はうまくいったようです。

「はい。私はストーカーではなくて、平均的な女性——普通の女の子になりたいので。もっと成長しないといけないんです」

「私が平均的かはともかく、なんで明はあんたに平均的な女性を学ばせてるのよ」

「私は明さんの彼女ですから。明さんをパワーアップさせるためには、そうなることが必要なんだそうです」

「彼女、ね……」

うまく表現する言葉が見当たりませんが、なんだかぴりっとした空気を茜さんから感じました。茜さんはしばらく前を向いて、黙って歩いていました。なにを言ったらいいのか、茜さんがなにを感じているのかわからなくて、私は黙って横を歩いていきました。

交差点の信号で立ち止まったとき、茜さんは不意に口を開きました。

「……最近、明とはどうなの？」

ちらりと私を見て、茜さんはそう言いました。

それはさっき聞いたフレーズでした。でも今度は、茜さんではなく私に向けられています。

どうって言われても、どうもこうもない——茜さんはそう言っていました。

私もそれを参考に、同じフレーズを返します。

「そうですね。……私、不安なんです」

あれ？

自分の口からそんな言葉が出てきたことに、私は驚きました。

不安。

私が？

でも私の口からは、次々に言葉がこぼれてきます。

「私は彼女だから、明さんをパワーアップさせてあげないといけないのに、ぜんぜんできていないんです。言われた通りにはしているつもりなんですけど、どうしたら明さんの彼女にふさわしくなれるのか、ぜんぜんわからなくて。私、どうしたらいいんでしょう？」

私、そんなふうに思っていたんだ。

言葉にしてはじめて、私は自分の気持ちに気づきました。

茜さんは小さく息をついて、私に人差し指を向けました。

「まず、あんなやつの言いなりになるのをやめること」

「でも……」

「逆らえとまでは言わないけど、彼女って、言われたことなんでもしてあげる存在じゃないでしょ」

「そう、なんでしょうか」

「むしろ対等じゃないと、彼女とは言えないんじゃない？」

「対等！」

私は思わずその言葉を叫んでしまいました。それは私にとって、新しい概念でした。

「どうやったら対等になれますか⁉」

「それは……お互いに助け合うとか……？」

信号は、まだ赤のままでした。たくさんの自動車が、私たちの前をびゅんびゅんと行き交います。今の車はそのほとんどが自動運転なので、本当は信号もあまりいらなくなっているそうなのですが、手動運転をしたがる数少ない人のために歩行者用の信号機も残されているのだそうです。

私はそんなことを思い出しながら、少し考えました。

「明さんはお料理がとてもダメです」

「自動でカップ麺ができる機械をわざわざ作るレベルだものね……」

「もし私がお料理をできるようになったら、明さんのことを助けられるかも？」

「うーん、明がもっとあなたになにかしてあげたほうがいいって意味だったんだけど、どうせあいつはそう簡単には変わらないだろうし……まあ、私をつけまわすよりはだいぶ彼女らしい気はするわね。ちょっと古いけど、まずはわかりやすいかたちから入るのもいいんじゃない？そのうちあなたらしい彼女のかたちも見えてくるわよ」

車がスピードを落として停止し、信号が青になりました。

私は一緒に横断歩道をわたりながら、すっかり感激してしまいました。

「茜さんはすごいです。彼女の専門家です！」

「嫌な専門家ね」

そんな言葉とは裏腹に、茜さんはそれほど嫌そうではありませんでした。

「でも、どうやって料理をできるようにしたらいいんでしょう？　私、一度もやったことがありません」

茜さんは小さな顎に手を当てて、少し考えてから答えました。

「そうね……邦人に聞いてみたらいいんじゃないかしら。ファミレスのバイト、キッチン担当だから。料理もそこそこ詳しいわよ」

「そうなんですか？」

「ええ。私はホール担当」

邦人さんと茜さんが同じ場所でアルバイトしているとは知りませんでした。けれど、確かに邦人さんに相談してみるのはいいアイディアだと思われました。茜さんと話していると、次にやるべきことがどんどん明確になります。こうして前に進んでいけば、きっと私は明さんをパワーアップさせられる彼女になれる。そう感じました。

「茜さん、これからも相談していいですか？」

「あなたも私がいないとなにもできないの？　子は親に似るって言うけど」

「子じゃありません。彼女です」

「……そう」

またあの、静電気のようなぴりっとした感じが私と茜さんのあいだに流れました。私はなんだかそれがつらくて、他の話題を出してみます。

「こういうのが、女の子同士のする話なんですね？」

「まあ、ストーカーよりはだいぶマシになったわね」

さっきの感じはすっかり消えて、茜さんはおかしそうにそう言いました。

「あの、私は明さんの、彼女ですよね？」

「なに急に」

「それで、私は茜さんの、ストーカーです」

「え、いや、確かにさっきはそう言ったけど――」

「もうストーカーは卒業ですか？」

「勝手に付け回したりしないのなら、そうね」

「なら、私は茜さんの、なんなんでしょう？」

茜さんは立ち止まりました。私もそれに合わせて足を止めます。

しばらく私を見つめて、それからふいと目を逸《そ》らしました。

「──友達よ」

茜さんの結んだ髪が、坂を登っていくにつれて揺れました。

私はそれを、走って追いかけました。

■

「本日からお世話になります」

「よろしくぅー」

「なんでここの店に……」

私がお辞儀をすると、邦人さんが冗談っぽく笑って手を振り、茜さんは文句ありげにため息をつきました。邦人さんのおどけた雰囲気も茜さんの不機嫌そうな様子も、いつも通りです。

いつもと違うのは、ふたりが制服を着ていることです。

制服といっても、学校の制服ではありません。

ライトブラウンのシャツに、ベージュとダークグレーのストライプが入ったエプロン。赤みを帯びた帽子を被《かぶ》っています。

ここは学校ではないので、学校の制服を着ていないのは当然のことです。

ファミレスのキッチン。

それが今、私が立っている場所です。

そして、私も邦人さんと茜さんと、同じ制服を着ています。

そう、私は今日から、ここでアルバイトをするのです！

「社会勉強。この子も知ってる顔がいたほうがやりやすいだろ」

「バイト中も私が親みたいにあれこれ世話を焼けってことね？」

「まさか。キッチンでしっかり俺が面倒を見るさ。はい」

私は邦人さんに渡された、大きなフライパンを受け取りました。

茜さんの後をつけたあの日の後。私は茜さんに言われた通り、邦人さんに相談をもちかけました。邦人さんは私が自主性を持ちはじめていることに驚き、興味を持ったように思われました。それなら自分と茜さんがアルバイトをしているファミレスで、一緒に働いてみないか――と言ってもらいました。

面接は苦労しましたが、邦人さんが同伴で店長さんに頼み込み、なんとか採用してもらうことができたのでした。

茜さんはかなり驚いていました。想定していたのは邦人さんに相談するところまでで、一緒にアルバイトをすることになるとは思っていなかったようです。

でも、私は前に進まなくてはなりません。

明さんの彼女になって、明さんをパワーアップさせるために、私は生まれてきたからです。

そのために料理ができるようになることは、重要なことであるように思われました。いえ、思われる、ではなく、強く示唆される、というのが適切でしょう。さまざまなリファレンスを参照した結果、料理ができるという属性、それを振る舞うという状況は、彼女という肩書きと強い結びつきがあることはほぼ確実であったからです。

「よし、じゃはじめようか。はいこれ」

隣に邦人さんが立って、私にタブレットを渡しました。

私はフライパンをいったんコンロに置いてそれを受け取ります。

「これ、マニュアルね。この通りにすれば大丈夫だから」

「はい」

「じゃ、これから0号ちゃんは肉を焼く」

「はい」

「ステーキは調理時間も短いし、手順も簡単だ。まずはここからやってみよう」

「はい」

私はマニュアルを確認しました。肉に塩を振る。フライパンを熱する。フライパンが十分温まったら、トングを使って肉をフライパンに置く。タイマーを2分かける。タイマーが鳴るまで強火で肉を加熱する。タイマーが鳴ったらトングで肉を裏返す。再びタイマーを1分かける。タイマーが鳴ったら肉を提供用の鉄板の上に置く。写真を参考に付け合せの野菜などを盛り付ける。

確かにそう複雑には思われません。

「なにか質問ある？」

「いいえ」

「ならやってみよう！　俺は向こうにいるから。なにかあったらすぐ呼んでくれ」

邦人さんはウィンクをすると、なにやら別の作業に取り掛かったようでした。

私はコンロの火をつけて、ツマミを最大にしました。炎が大きくひろがり、熱が顔に伝わります。肉に塩を振り、トングを手に待機。……しばらくすると、フライパンから白い煙が上がってきました。温度はこれで十分でしょう。

私は肉をフライパンに入れます。

ジュウという大きな音がして、肉が焼けはじめます。私はタイマーをセットし、2分その場で待機します。煙の量がすごく目に沁《し》みますが、きっとこれに耐えないとステーキは焼けないのでしょう。タイマーが鳴ります。裏返してさらに1分。もう一度私はタイマーをセットし、再び待機。

「うおおおっ、なにやってんの⁉」

しかし残り18秒の時点で、邦人さんが駆け込んできました。

私が呆気《あっけ》に取《と》られていると、邦人さんは慌てた様子で火を止めます。

邦人さんがフライパンの中にトングを入れてつまみあげると。

ステーキは、真っ黒になっていました。

「すみません」

それが失敗であることは、私にもわかりました。

「いや、怪我《けが》がなくてよかったよ。ちょっと火力が強すぎたな」

邦人さんは私を叱ることなく、ほとんど炭となったステーキを破棄しました。

「強火と書いてあったので」

「まあ強火なんだけど、様子を見てっていうか、強火って言っても限度があるから……」

「限度、ですか」

邦人さんは不思議なことを言うな、と思いました。確かにコンロの出力には単位時間あたりに燃焼するガスの量からいって限度がありますが、構造上限度いっぱいの火力にしていたはずです。

「なるほど……わかんなかったよな。ちょっと見てくれ」

私が疑問に思っているのを感じとったのでしょう、邦人さんは苦笑いをしながら説明してくれました。

邦人さんが腰を落としてコンロと目線を水平にしたので、私も顔を寄せます。

すると邦人さんはコンロに火をつけました。ボッ、という音と共に、炎がふわりと広がります。

「ええと、料理でいう強火っていうのは、火の先端がフライパンとか鍋の底に当たるくらい。このコンロは業務用だから、火力がめちゃくちゃデカいんだ。このツマミでいうと、だいたい半分くらいで十分」

そう言いながら、邦人さんはツマミを操作します。火は確かにさっきよりずいぶん小さくなっていました。

「他にわからないことはある？」

私は少し考えて、それから答えました。

「なにがわからないのか、わかりません」

強火の定義から間違っていたのです。同じように、きっと私は基礎的なこともまだわかっていません。あらゆる言葉の定義をひとつひとつ確認していくわけにもいきません。今の私には、そう言うしかありませんでした。

「それもそっか。まあ、やりながら覚えていけばいいさ。誰でも新人のときはそんなもんだ」

「誰でも、ですか？」

「まあな。俺だってひどいもんだったよ。マニュアルどおりにやっただけ、0号ちゃんはマシなほうさ」

邦人さんは焦げたフライパンを片付けながら、そんなふうに言ってくれました。

けれど、邦人さんの言葉を、私は素直に受け取ることができませんでした。

「……なんだか、胸が、変な感じです」

邦人さんは少し驚いた顔をしましたが、すぐににやりと笑って、こう言いました。

「それは失敗の痛みってやつだな」

「失敗の……」

知りませんでした。

失敗というのが、痛いものだなんて。

これからも、なにかをやってうまくいかないたびに、こんな気持ちになるのでしょうか。

きっとそうなのでしょう。

でも、私は大丈夫です。

今日は強火の定義を学びました。

次はきっと、うまくやれる気がします。

そこまで考えて、私はふと思いました。

——明さんも、こんな気持ちなのかな。

明さんの実験は、うまくいっているようには見えませんでした。私もラボで、何度もソルトが自らの頭部を破壊してしまう様子を見ています。

明さんも、失敗している。

私より、もっとたくさん。多分、ずっと長く。

私のやっていることは簡単です。きっと普通の女の子なら、マニュアルを見ればあっさりできてしまうことなのでしょう。でも、明さんのやっていることは違います。もっと難しいことに、もっと必死に取り組んで、そして——失敗している。

そのたび明さんは、こんな感情を味わっていたのでしょうか。

何度も、何度も。

私はいても立ってもいられない気持ちになりました。なんだか胸の痛みが、何倍にもなったような気がします。

「0号ちゃん、大丈夫？」

「私は、大丈夫です」

気がつくと、そんなふうに答えてしまっていました。きっと心配してくれたのでしょう、邦人さんは不思議そうに聞き返しました。

「私は……？　まあ肉は大丈夫じゃなかったけど、そんなに気にしなくても——」

「明さんも、実験に失敗したときは、いつもこんな気持ちなのかなって」

「そういうことか」

邦人さんは笑いをこらえた様子でした。

「それを癒やせるのは、やっぱり0号ちゃんだな」

「私ですか？　でも、私には……」

口ごもる私に、邦人さんはぴっと人差し指を突きつけました。

「0号ちゃん。この国には胃袋を摑《つか》むという言葉がある」

「胃袋を……!?」

どうやるのでしょう。内視鏡のように鼻や口から管を入れるのでは摑《つか》めそうにありませんが切開して開口部を作るのでしょうか。どちらにしても恐ろしい光景です。明さんの胃袋を摑《つか》みたいとは思えません。

私がぷるぷる震えていると、邦人さんはしまったという顔をしました。

「いやいやごめん、そういう意味じゃないんだ。そうだな、おいしいものを作ってもらうと元気が出るってこと、かな」

私はそれで、ようやく理解しました。胃袋というのは食事で満腹にすることの、そして摑《つか》むというのは惹《ひ》きつけることの比喩表現です。つまり。

「私もお料理ができるようになったら、明さんのこと、元気にできるでしょうか？」

「ああ。間違いない。見てみろ」

そう言って、邦人さんはキッチンから、ホールに目を移しました。

そこには、ごはんを食べる人が、たくさんいました。

ただ食べているだけではありません。驚くべきことに、ほとんどの人が笑顔で食事をしていました。もちろん、ひとりでスマートフォンを見ながら食べている人や、食べ終わって勉強している人や、何人かで食べていても無言の人たちもいました。でも、ごはんを食べることをつらいと思ったり、苦しいと思っている人は、たぶんひとりもいませんでした。

ファミレスというのは、庶民的な場所だと知っています。最上級の食事を出しているわけではありません。それでもこんなに多くの人が足を運び、お金を払い、大なり小なり誰もが満足感を得ているようです。

私は邦人さんの顔を見ました。

邦人さんは、ウィンクして言いました。

「な。メシは偉大だろ？」

はじめて、邦人さんのことをすごいと思いました。今見た人たちが食べている料理には、邦人さんが作ったものも含まれているからです。いえ、もちろん一番すごいのは明さんなのですが、邦人さんも5番目か6番目くらいにはすごいと思います。ちなみに茜さんは2番目なので、茜さんのほうがすごいです。

「邦人さん！」

「な、なに、0号ちゃん？」

「私、がんばります。できるようになりたいです」

「ああ。じゃ、今日はもうちょっと簡単なことからやろう。順番にできるようになればいいからさ。そうだな……最終的にはひとりで料理を作って、お客さんに持っていく。それを目標にしよう。そしたらホールもできるようになるしさ」

「はい！」

私が彼女であるためになにが必要なのか、そのすべてはまだわからないけれど。

お料理で明さんに元気を出してもらうことは、その一歩なのだ。

私は、そう確信しています。

■

それから、私はいろいろなことを学びました。

明さんの研究は、まだうまくいきませんでした。何度も何度も、ソルトは自分を破壊していました。でも、私はもう、ただ立っているだけの私ではありませんでした。いえ、明さんが研究している最中は、指示通り立って見守っていることも多いのですが――ソルトと一緒にお掃除をしたり、少女マンガのリファレンスを参照したり、そういった学びに費やす時間も増えていきました。

私はできるだけたくさん、ファミレスにシフト（勤務時間の割当をそう言うのだそうです）に入ることにしました。そして邦人さんと茜さんから、たくさんのことを学びました。

いちょう切りと短冊《たんざく》切りは手順が違うこと。切った野菜は面取りをすると口あたりがいいこと。弱火と中火と強火が鍋に対する炎の距離で定義されること。肉は焼きすぎると固くなってしまうこと。そして焼かなすぎると血の味がすること――それだけでなく、食べた人が病気になってお店も潰れてしまうかもしれないこと。

そんなことを学びながら、少しずついろいろなことができるようになってきました。

茜さんは、ホールのことを教えてくれました。

注文の取り方、お決まりのフレーズ、笑顔でなくてはならないこと、呼ばれたらすぐに行くこと、行ったら戻ってくるときに済んだ食器を下げれば無駄がないこと。

――わかってきたのは、ファミレスの仕事のことだけではありません。

茜さんと邦人さんのことも、だんだんわかってきました。

茜さんはいつも少し機嫌が悪そうに見えますが、本当は笑顔が素敵で、優しい人です。

私がホールに立てるようになるために、笑顔の作り方を教えてくれました。頬に少しだけ力を入れて、口《くち》の端《は》をぎゅっと上げる。眉を寄せたり、目を細めない。リラックスして、お客さんの目をちゃんと見る。自分も忙しくテキパキと仕事をしているのに、いつも手を止めて私にもそんな指導をしてくれました。まるでお母さん――いえ、一度そう言ったらとても怒られてしまったのでした。なので、もし私にお姉さんというものがいたら、きっとこんな感じなのかもしれないなと思います。

邦人さんには、彼女がいます。佳菜《かな》さんという名前です。

佳菜さんは同じファミレスで働いていて、ホールを担当しています。いつも服装や髪型が整っていて、私服もおしゃれです。長い髪がつやつやとしていて、きっとお手入れをすごくがんばっているんだと思います。

佳菜さんは、ときどき邦人さんにわがままを言うことがありました。このあいだちょっとびっくりしたのは、手が荒れているからという理由で、邦人さんに洗い物の仕事を頼んでいたことです。邦人さんは（私の面倒を見るくらいですから）とても優しい人です。文句を言いながらも、さして嫌そうでもなく代わってあげていました。彼氏と彼女の関係について、ふたりからは大いに学ぶことがありました。

ふたりを見ていると、邦人さんが佳菜さんのことをとても気にかけているのがよく伝わってきます。

――その様子を見ていると、なんだか胸がチクチクします。

自分と比べてしまうからです。

明さんは、私のことを気にかけてくれているのでしょうか。

ラボではいつも一緒にいますが、明さんは研究をしてばかり。ファミレスにもときどき様子を見に来ることはありますが、いつもノートＰＣに向かっています。

私は明さんの彼女です。

明さんをパワーアップさせるために生まれてきました。

だから私は、明さんのために――いえ、明さんの研究のために生きています。

こうしてお料理を身につけようとしているのも、そのためです。

なのに。

私は明さんの研究がうまくいったとしても、それだけでは喜べないような気がするのです。

なぜでしょう。

私はそのために、そのためだけに、生まれてきたはずなのに。

どれだけ考えても、答えは出ませんでした。

そんなときでした。

「よし。そろそろ全部ひとりでやってみるか」

ある日のアルバイトの終わり、邦人さんがそう提案してくれました。

全部、というのは、キッチンで料理を作って、それをお客さんに出すまで、ということです。

普通は分担するということでしたが、全部をできるようにしたほうが私の成長に繋《つな》がるだろうと、邦人さんと茜さんが考えてくれたのです。

「いいんじゃない。だいぶ笑顔もマシになってきたしね」

茜さんもそう賛同してくれました。

「0号ちゃん、次のシフトいつ？」

「次は水曜日、その次は土曜日です」

「じゃ土曜日にしよう。その日なら俺も茜も入ってるし」

邦人さんが目を向けると、茜さんは心配そうな顔をしました。

「でも、失敗したらどうするの？　万一お客さんに迷惑かかったら、責任問題になるわよ」

「それは俺に考えがある」

「ふーん……まあ、それならいいけど」

「はは、失敗して0号ちゃんのトラウマになったら大変だもんな？」

「……別にそういうのを心配してるんじゃない。私、帰るわね」

茜さんはぷいと顔を背けて、出ていってしまいました。

そっけない態度に見えますが、本当はできると思ってくれていることを、これまで一緒に練習してきてもらった私は知っています。

けれど、私はまだ不安でした。

できると思われているからこそ、失敗するのがこわい。

そんな気持ちでした。

そして、私は気づくのです。

明さん。天才・水溜稲葉《いなば》の子どもとして、みんなに期待されている明さんも、きっと失敗するのがこわいはずです。こわいだけでなく、実際に失敗すると胸が痛むことを私は知っています。なのにあんなに何度も挑戦している。明さんは、やっぱりすごい人なのです。

少しだけ明さんのことがわかって嬉《うれ》しい気持ちと、不安な気持ちが、ミルクとチョコレートのミックスソフトクリームみたいにぐるぐると練り合わされていきました。

そんな私の顔を見て、邦人さんはこう言いました。

「よし、じゃちょっと練習してから帰るか」

はい、と返事をしようとしたときです。

「じゃ私は帰るね～。くにく～ん、またね～」

そんな声が聞こえました。

目を向けると、少し離れたところで話を聞いていた佳菜さんが、手を振って出ていく後ろ姿が見えました。

「悪いな、佳菜」

邦人さんは、片手をあげてそう送り出しました。

「あ、あの、やっぱり私、帰ります」

気がつくと、そんな言葉を口にしていました。

「ええと、そう、明さんと、実験をする約束をしていたんでした。ごめんなさい」

「そうか。明の彼女も大変だな」

邦人さんは、にっこりと笑って言いました。

それは、はじめてついた、嘘《うそ》でした。

帰り道、長い階段を登りながら、私は考えました。

このままでいいのだろうかという気持ちが、なんだか拭えませんでした。いつの間にか私は間違った方向に進んでしまっているのではないかと。

なぜそう思うのかも、どうして嘘《うそ》をついてしまったのかも、わかりませんでした。

普通の女の子だったら、あるいは茜さんだったら、この気持ちの正体も、ぜんぶわかるのでしょうか。

私は、明さんの彼女にならなくてはなりません。

なのに普通の女の子になることさえ、私にはまだ難しい。

だとしても。

もっともっとがんばって、明さんの役に立ちたい。

それだけが私のなかで、絶対にゆるがない気持ちでした。

■

そして、土曜日。

私の成長を見る、本番の日。

なんだかそわそわして、私はいつもより早めにファミレスに着いてしまいました。

きっとこれが緊張、というやつなのでしょう。

大丈夫。

うまくやれる。

そんなふうに自分に言い聞かせながら、そのことで頭がいっぱいでした。

だから、バックヤードのドアを開けようとしたそのとき――

「0号さん。ちょっと話があるんだけど」

――そう話しかけられて、飛び上がるほど驚きました。

声の主に目を向けると、そこに立っていたのは、佳菜さんでした。

「佳菜さん、今日はシフトに入っていなかったと思います」

私は記憶を検索して、シフト表と眼《め》の前《まえ》の状況を照合しました。私の記憶は正確です。記憶違いということはありえません。

「あなたと話をしに来たの」

「私、ですか？」

意味がわかりませんでした。佳菜さんは邦人さんの彼女です。邦人さんに会いに来たのではなく、私に話がある？

「こっちに来て」

「ちょ、ちょっと待ってください！」

考える間もありませんでした。佳菜さんは私の手をぎゅっと摑《つか》むと、引っ張っていきました。その手には痛いほど力がこもっていました。なにかよくないことが起こっているという予感だけが、分厚い雨雲のように私の中に広がっていきました。

そして人気のない脇道まで逸《そ》れると、佳菜さんは私を睨《にら》みつけてこう言いました。

「0号さん。あなた、くにくんのことどう思ってるの？」

なにを聞かれているのかわかりませんでした。混乱しながらも、私は答えます。

「邦人さんは、優しい人だと思っています。私にいろいろ教えてくれて……」

「彼氏いるんでしょ？」

「はい、私は明さんの彼女なので、明さんは私の彼氏ということになります」

口の中に、嫌な味が広がる感じがしました。砂のような、錆《さび》のような、ざらざらした感触。それが錯覚だと私はわかっています。でも、なにを意味しているのかまではわかりませんでした。

「くにくんの彼女は私なの」

「知っています。いつも私に写真を見せてくれて、自慢の彼女だって――」

「なんでふたりで私の話をしてるのよ。ていうか、なんでそれがわかっててあなたはくにくんとずっと一緒にいるわけ？」

「いえ、私はただ、お料理を教えてもらっていて……」

「なら！」

佳菜さんは、大きな声で私の言葉を遮りました。

それはまるで、分厚い雲から放たれた、雷のようでした。

「あんまりくにくんにくっつかないで！」

その雷は抵抗が少ない道を通って、私の胸を焼きます。

「そんな、私はもっと教わりたくて、その、胃袋を掴《つか》むって……」

「あなたも彼女ならわかるよね？　私があなたの彼氏に四六時中くっついてたらどう思うの？不安になるでしょ？」

「それは……」

私は考えてみました。

私の代わりに、佳菜さんが明さんの彼女だったら。

佳菜さんは、普通の女の子でした。いえ、普通以上といえるでしょう。誰がどう見ても、文句のつけようがないほどだったと思います。邦人さんはよく佳菜さんの写真を私に見せて自慢していました。どうして邦人さんが得意気にするのかはよくわかりませんでしたが、確かにきれいな人だと思いましたし、邦人さんが佳菜さんのことを大切に思っていることは伝わってきました。

仕事だって、もちろん私よりずっとよくできます。接客の笑顔も、言葉遣いも、仕事の進め方も、お料理も、すべてが私より上でした。

なら。

なにもできない私より、佳菜さんのほうが、彼女にふさわしいのでは？

佳菜さんが明さんのごはんを作って。

ラボを掃除して。

実験に寄り添って。

そうしたら、明さんは、パワーアップできるのでは？

そう考えた瞬間、目の前が真っ暗になりました。耳の奥で、なにかが鳴っていました。体がぎゅっと縮んで、鼓動がはやくなりました。

「……とにかく、彼氏と彼女っていうのは普通そういうものなの。わかった？」

「はい……」

私は、そう答えるのがいっぱいいっぱいでした。

そんな私の様子を見て、佳菜さんも納得したのでしょう。

「それじゃ、そういうことだから」

そう言って、そのまま歩き去っていきました。

私はその場にうずくまってしまいました。

でも、私に傷つく資格はありませんでした。

こんな気持ちを、佳菜さんはずっと抱えていたのです。

私は、人を傷つけた。

それははじめての、経験でした。

■

「0号さん、大丈夫⁉」

なかなかアルバイトに来ないことを心配して、茜さんが捜しに来てくれました。うずくまったままだった私は、それでようやく気持ちを立て直すことができました。制服に着替え、タイムカードを押す。あと少しで遅刻になってしまうところでした。

茜さんはなにがあったのか私に聞きませんでした。

けれど、ロッカーで制服に着替えながら、こう言いました。

「0号さん、ごめんなさい」

「なにがですか？」

「なにか、言われたんでしょ？」

私は茜さんから謝罪の言葉が出てくるとは思わなくて、びっくりしてしまいました。でも、茜さんは主語を明らかにしませんでした。そのことでかえって、茜さんは知っているのだと感じられました。

「どうして、茜さんが謝るんですか？」

私が聞き直すと、茜さんは歯切れ悪くこう切り出しました。

「その……私、わかってたの。あの子が0号さんに、嫉妬していること」

私は驚いて返事ができませんでした。茜さんはそんな素振りをぜんぜん見せていなかったからです。

「あの子が見ているときに、わざと0号さんに声をかけて引き離したりしてたんだけど。意味なかったみたいね。勝手なことして悪かったわ」

「いえ、そんな……でも、どうして教えてくれなかったんですか？」

茜さんはちらりと私を見ると、少し考える素振りを見せました。

「……確かに0号さんは成長したと思う。でも悪いけど、まだそんな細かい機微まで把握して立ち回れないでしょ。私がうまくやればなんとかなると思ったのよ。その結果がこのザマだけど」

茜さんは本当にばつが悪そうな顔をしていました。

でも、私は自分の心が落ち着いてくるのがわかりました。

それくらい丁寧に、茜さんは私のことを見て、考えてくれていたのです。

だとしたら。

私もちゃんと、考えなくてはなりません。

「あの、邦人さんにちゃんと話したほうがいいのではないでしょうか」

茜さんは、深い溜《た》め息《いき》をつきました。

「言ってないし、言う気もない。まあそれとなくちゃんと彼女の面倒見ろとは言ったけど」

「どうしてですか？　もし私のせいで、ふたりが──」

そこまで言ったところで、茜さんが私を制止しました。その目が送るなんらかの圧力に、私は黙らされてしまいます。

「……それは思い上がり。そもそもバイトの先輩が後輩に仕事を教えることになんの問題があるのよ。0号さんじゃなくても、多分遅かれ早かれこうなってたわよ」

「そう、でしょうか」

「そうよ。結局、これはあいつらの問題ってこと。彼氏と彼女のあいだの問題は、本人たちが解決するしかない。だからあなたも、余計なこと言わないほうがいいわよ」

すべて納得いったとはいえませんでした。

でも、茜さんがそう言うのなら、きっとそうなのでしょう。

「それより。本当に今日やるの？　失敗したら、謝るの私なんだけど」

ぶっきらぼうなその口調に、私は笑ってしまいそうになりました。それを見て、茜さんは眉を寄せました。

「なによ！」

「いえ。ありがとうございます。茜さんは、本当に優しいんですね」

「は⁉」

反論しようとする茜さんを、今度は私が制しました。

「大丈夫です。いけます」

私は茜さんの顔をまっすぐに見つめました。

茜さんはなにも言わずに頷《うなず》くと、私たちは更衣室を出ました。

「来たな」

そこには邦人さんが待っていました。いつも通りの雰囲気から、私と佳菜さんのことは知らないことを感じ取って、私はホッと胸をなでおろします。

しかし安心してはいられません。

私には、達成しなくてはならないことがあるのです。

「8番テーブルだ。注文はハンバーグプレート。いけるか、0号ちゃん」

邦人さんは簡潔にそれだけ言いました。本当はいろいろなことが、胸の中をうずまいていました。でも、そんなことはもう関係ありません。

邦人さんと茜さんは、こんな私にいろいろなことを教えてくれました。

私もそれに応えたい、と思いました。

「はい」

だから私はそう答えました。

そして、料理に取り掛かりました。

人参《にんじん》を切る。

ハンバーグを焼く。

他の野菜と一緒に鉄板の上に乗せる。

すべて何度も邦人さんがやっているのを横から見て、そして自分も練習してきた動作です。

なのに、なんだか手が震えてしまいました。

なにせお客さんに出すのは、これがはじめてなのです。

いつもと同じはずなのに、なぜかぜんぜんうまくいかない。

焦《あせ》りばかりが募っていきます。

邦人さんと茜さんが、他の仕事をしながらも、私に視線を注いでいるのがわかります。

そういえば、いつもそうでした。

私が明さんのために、料理ができるようになりたいと言ってから。

いろいろなことを教えてくれたのは、いつもこのふたりでした。

私は手を止めて、一瞬だけ目を閉じました。

邦人さんが、茜さんが、私の中にいる気がします。

大丈夫。

できる。

私は目を開けて、もう一度目の前を見据えました。

体の震えは、不思議と止まっていました。

体が自然に動きます。

邦人さんだったらこうする。

茜さんだったらこうする。

そんなイメージを、私の体はなぞっていきます。

そして。

「できた……」

ハンバーグプレートは、ようやく完成しました。

8番テーブル。

それがどこなのか、私には手に取るようにわかります。何度も見てきたテーブルの配置の図表。私は茜さんの教えを思い出しながらプレートを一度置いて持ち直すと、ホールに出ていきました。

「いってらっしゃい」

茜さんは、そう声をかけてくれました。

誰かが声をかけてくれることが、こんなに心強いなんて。

そして8番テーブルにたどり着きます。

ファミレス独特の分厚く大きなテーブルの上に、黒いノートパソコンを置いて座っていたのは、長い髪の、おっとりした雰囲気の女性でした。

絵里《えり》さん。

私は息を飲みました。

偶然、のわけはありません。

失敗しても大丈夫。

考えがある。

邦人さんがそう言っていたことを思い出します。

なんのことはない、知り合いのオーダーだったのです。

それを私に知らせなかったのは、きっと私が自信をつけられるように、ということでしょう。

私は体から力が抜けそうになるのをおくびにも出さないようにしながら、茜さんに習ったとびっきりの笑顔で声をかけました。

「お待たせしました」

絵里さんは顔をあげて、私に笑顔を向けてくれました。

言葉に出さなくても、絵里さんが褒めてくれている気がしました。

「ねぇ」

ふと、私の肩に、手が置かれました。

驚いて振り向くと。

そこにいたのは、明さんでした。

心臓が跳ねて、飛び出てしまうかと思いました。一瞬遅れて、私は自分が椅子の前に立っていることに気づきます。一歩下がると、明さんは絵里さんの向かいに腰をかけました。

「ごめんね」

明さんは優しくそう言ってくれました。

そして。

「ずいぶん順調みたいだ」

帽子の上に、重いなにかが乗りました。

それは私の頭を撫《な》でて、すぐに離れます。

明さんはなんでもないいつもの調子で、こう言いました。

「アイスコーヒーひとつ」

私はそう言われて、とっさになにも言えませんでした。

このお店はドリンクバーなので、本当は明さんに自分で取りに行ってもらわなくてはなりません。

けれど心臓が体のなかで跳ね回っていて、言葉は出てくる前にぶつかってぺしゃんこになっていました。私は戸惑いながら、コーヒーを準備するためにドリンクバーに向かいました。

振り向くと、明さんが絵里さんと研究の話をはじめていました。

明さんの目には、もう私は映っていません。

でも。

私は明さんの手の感触を思い出しました。

撫《な》でてくれた。

褒めてくれた。

考えてみれば、私はこれまで、明さんの役に立ってきませんでした。

明さんは私の顔を見てため息をついてばかりです。

それも当然です。

私は明さんをパワーアップさせるために生まれてきたのに。

明さんの研究は、うまくいっていないのですから。

だから私はずっと不安でした。

私って、なんのために生まれてきたんだろう。

私がいる意味って、なんなんだろう。

でも、明さんは今日、私を見てくれました。
認めてくれました。
すべてが報われた気分でした。
待っていてください、明さん。
私、もっと普通の女の子になります。
明さんの胃袋を、いえ、心を摑《つか》みます。
だから。
私を見て。
私を認めて。
私を愛して。
明さん。
私は明さんの、彼女になりたい。
そのためだったら、私はなんでもします。
そう、なんでも。

メイクアガール
MAKE A GIRL

―第四章― EXPECTATION

急に0号《ごう》が料理をすると言い出したのは、たいへん意外だった。

現状、僕はどう考えてもパワーアップしていない。彼女の存在が実際にパワーアップ――パフォーマンスの改善に繋《つな》がることは、邦人《くにひと》のケースから明らかだ。研究を前に進める当てもなく、今はそれが唯一の希望だった。研究とは、まだ誰も到達していない、未知なる可能性を形にすることだ。単に答えのわかっている問題を解くこととは本質的に異なる。論理的な思考ばかりで結論に達することができれば苦労はない。どこかでジャンプが必要なのだ。藁《わら》をも摑《つか》むとは情けない話だが、試行錯誤にも方向性は必要だ。僕はどこに向かえばいいのか、完全に見失っていた。

だから僕には、やはりパワーアップが必要だ。

邦人は、0号に自主性が足りないと言った。それが意味するところは完全には定義できていなかったけれど、ともかくパワーアップを遂げた本人の言うことだ、手がかりとしてはまずそこから考えてみるべきだと思った。

0号のアルバイトを許可したのはそのためだ。邦人と茜《あかね》さんに料理を教わるということも、事前に聞いていた。あのふたりがついているのなら、大きな事故は起こらないだろうと判断した。0号のインプットに管理外の要素が加わるのは不安ではあったものの、パワーアップの進捗がはかばかしくない現状では、さまざまな方法を試したほうがよいと思ったからだ。

しかし、ここまで急に成長するとは思わなかった。

僕はリビングの低いテーブルの前にあぐらをかく。そしてノートPCの画面から、ハンバーグを焼く0号の後ろ姿に目を移す。

0号が僕に手料理を振る舞いたいと言い出したとき、僕の頭に思い浮かんだ言葉はひとつだ。

自主性。

そう、確かに0号は、自主性を身につけつつある。

それは生活の端々に現れていた。私はこれが食べたい。私はこの服がかわいいと思う。私は茜さんとこんなことを話した。私はこんなことができるようになった。

私、という概念が0号の中で育っていることは明らかだった。

なら。

僕もまた、パワーアップに近づいているのだろうか？

残念ながら、僕にその実感はない。明らかどころか、闇の中だ。

「お待たせしました」

PCに向かって考え込んでいた僕の思考は、0号の声に遮られる。

顔をあげると、0号が皿をふたつ持ってくるところだった。ニコニコとした笑みを浮かべている。

本当はもう少し作業をしたかったのだが、私がせっかく作ったのに、と言われることが目に見えていた。彼女の成長が行動に制約をもたらすとは、まったく本末転倒ではないだろうか。

そう思いながらも、僕は素直にPCを閉じて脇に避けた。

「ありがとうございます」

0号は皿を置いて、僕のグラスに水を注ぐ。

僕は目の前に出てきたハンバーグを見つめる。

それは、どこからどう見ても、ハンバーグだった。

同語反復のようだが、そうではない。0号が、ハ、ン、バ、ー、グ、を、作、れ、る、よ、う、に、な、っ、て、い、る。それ自体が驚くに値する。僕は味も確認するべく、目の前に出てきたハンバーグを箸で刺すと、かぶりつく。

「お味はどうですか？」

問われて、僕は答える。

「普通のハンバーグの味がする……！」

そう、普通だった。

どこにでもある、ゆえにいつどこで食べたかも思い出せないような、普通のハンバーグの味。

料理とは、高度な営みだ。レシピというマニュアルを単になぞればいいというわけではない。そこには言外に織り込まれたコードが無数に存在していて、それを適正に読み解き、状況に応じてバランスを整えなくては、普通の料理は完成しない。普通とは違和感がないほど自然ということであり、この社会におけるスタンダードに適合できるということだ。

それが作れるということは、0号の目覚ましい成長を示していた。

「普通ですか？　よかった！」

それを聞いて、0号も嬉《うれ》しそうにする。

「一緒に食事することも恋人なら普通だって茜さんが言ってましたから。いただきます！」

行儀よく箸を使って食べはじめる0号の姿は。

僕の目にも、普通の女の子に見えた。

「彼女らしいことか……茜さんはそういうことに詳しそうだね。他になにか言ってたことはあるかな？」

「ええっと、たしか……手を繋《つな》ぐらしいですよ」

0号は箸を両手で箸置きに置いて、笑顔で答える。

「手か。試しに繋《つな》いでみよう」

「はい」

差し出した僕の手を、0号は身を乗り出して握る。

その手の感触は、人間そのものだった。ちゃんと温かく、柔らかく、そして優しい。

「……君はすごいね」

「いきなり、なんですか？」

思わずこぼした言葉を、0号は受け止める。

一瞬考えたあと、僕はその先を続けることにする。

「僕は料理ができないんだ。だから機械化しようとしてるのに、全然うまくいかなくて。次々いろんなことを身に着けていく君は本当にすごいよ」

そう。

0号は成長している。

はじめは表情もなく、学校で席に座って、聞かれたことに答えるのが精一杯だった。

それが今はこうやって、自ら料理をし、僕に振る舞い、そして手を繋《つな》いでいる。

今目の前にある料理は、この手が作ったのだ。

0号が、自分の手で。

普通どころか、部分的には僕を上回っている。

それもこれほどの短期間で。目覚ましい成長だ。

なら、僕はどうだろうか。

僕の手は、果たしてなにかを生み出しているだろうか。

僕は、成長しているだろうか。

「明《あきら》さんは難しく考えすぎです」

そんな想《おも》いをまるで見透かすように、0号は明るくそう言い微笑《ほほえ》む。

「そうかな？」

「そうですよ」

「そっかぁ」

僕は0号から手を離し、その場に横になった。

0号は僕を気遣っている。

そんなことができるレベルにまで成長している。

それは喜ばしくもありながら、自分に不甲斐《ふがい》なさを感じずにはいられなかった。

これではまるで。

僕が0号をパワーアップさせているだけじゃないか。

「あ、そういえば」

思い出したように0号は言う。

「最近手が荒れちゃってるので、今日の洗い物はお願いしますね」

「ああ」

僕は自分の右手首を軽く押す。

カチッという感触と共に、右腕のパネルが開く。

内部の機械部分の中にある赤いボタンを、僕は逆の手で押した。

しばらくして、外に待機させていたソルトが、玄関からドアを開けて入ってくる。

0号が洗い物をソルトに渡すと、ソルトは台所に食器を下げていった。

僕の右腕は、義手だ。

かつてある事故があって、そのときに僕は右腕を失ってしまった。

けれど僕は悲しくはなかった。

母さんが、元より優れた腕を、つけてくれたから。

これは、母さんが遺《のこ》してくれたものだ。他にもさまざまな機能が搭載されている。ソルトをはじめとしたロボットとの無線通信から、超小型のジェットエンジンまで。純粋に性能だけを見るなら、生身の腕よりも圧倒的に向上している。

他の多くの研究と同じように。

あるいは僕自身と同じように。

この手は母さんに与えられたものだ。

なにかを生み出すためにある。

そしてそれは失敗し続けている。

なのに。
「……明さん？　寝ちゃいました？」
0号の声を聞いていると。
不思議と心が穏やかになってしまう自分がいるのだった。
義手の右手に備えられたセンサーが得た感触が、まだ残っている感じがした。
それは僕に、安らぎをもたらす。
不思議だった。
研究はまるで進んでいないのに、こんなに心穏やかに過ごせるなんて。
これが、彼女ってものなのかな。
まるで長い長い糸の反対側が引っ張られるように、僕は眠りに落ちていった。

■

気がつくと、僕は銀杏《いちょう》並木のあいだを歩いていた。

等間隔に並んだ太い幹、そこから伸びた枝から、扇形の葉がひらひらと舞い落ちる。そのたび葉は光を反射して、黄金色に光り輝いていた。石畳の道もそのほとんどが落ち葉で埋まり、まるで世界そのものが金色になってしまったみたいだった。

そしてその道を歩く僕は、ひとりではない。

僕の手は小さく、背は低かった。その右手は、背の高い女性に握られている。

短めに切られた髪に、飾り気のない服。どこにでもある黒いスニーカーは、石畳に擦れて音を出すこともない。

けれど眼鏡の奥に光る瞳だけは、この世界の他のなにとも違っていた。

たとえるなら、それは星の輝き。

世界の外側に燃える炎が発し、地上を照らす叡智《えいち》の光。

ソルトの原型をはじめとしたさまざまな業績を人類にもたらし――しかし志半ばで消えようとしている、プロメテウスの火。

この世界で、母さんだけが持っているもの。

母さんは歩いているあいだ、一言も話さなかった。ただゆっくり、ゆっくり、落ち葉を踏みしめながら歩いていく。僕は手を引かれながら、前を向く母さんの横顔をじっと見つめる。

そして僕たちは、やがて大きな建物の前にたどり着く。

「あーあ、もう着いちゃったか……」

そう漏らす母さんの目線はその建物に注がれていて、僕に向くことはない。

夢の中の僕は知っている。

この場所は児童養護施設で。

僕は今から、そこに預けられようとしている。

これは、僕と母さんの、別れのシーンなのだ。

「そうだ。ちょっと手を出して」

母さんは屈《かが》むと、革製の四角いバッグから、小さな記録媒体を取り出した。

「これをあげるね」

僕は小さな手で、それを受け取る。

まるで湧き水を受け止めるように、慎重に。

「これには私の記憶が入れてあるの。そんなこと言われても、困ると思うけど――」

そして母さんは咳《せ》き込む。

深く、痛みを伴う、咳《せき》。

それがなにを意味するか、僕は知っている。

あのときから、ずっと。

「後はあなたに託すね」

そう言って、彼女は立ち上がる。

その一瞬。

その瞬間だけ、母さんは僕を見た。

母さんの目の奥で、火花が散って。

その火花が、僕の目に入る。

僕にはわかっていた。

今はまだ、その火が取るに足らない小さなものであろうとも。

それはやがて、星の光になるべき火種なのだと。

だから僕は泣かなかった。

泣いてしまったら、涙がその火を、消してしまうから。

「さようなら、お母さん」

僕はその記録媒体を握りしめる。

母さんから託されたもの。受け継いだもの。僕が生きる理由。

長い銀杏《いちょう》並木を去っていく母さんは、最後まで、振り向かなかった。

■

目を覚ました僕は、部屋の中にいた。

いつの間にか布団《ふとん》に体が沈み込んでいる。

僕が起きたのを感知して、ソルトがこちらを向いた。

おぼろげな記憶を手繰り寄せる。おそらくは食事の後そのまま眠ってしまって、0号が僕をここまでソルトに運ばせたのだろう。
ソルト。
母さんの発明。
いまだアップデートすらできない、大きな壁。
僕は首に下げた記録媒体を握った。
ごめん、母さん。
懺悔《ざんげ》しよう。
0号との日々に、僕は安らぎを感じていた。
いつもそこに彼女が立っていて。
僕を見つめていて。
気づかないふりをしながら、僕はそれに救われていた。
難しく考えすぎだと言われて。
考えることを放棄して。
そのまま0号と一緒にいれば、それで幸せに生きていける気がした。
そうだ、僕は何のために0号を作った？
僕は研究者だ。
母さんに光を託された。

この世界で、母さんにしかできないことがあったというなら。

それは僕が引き継がなくてはならない。

それこそが、僕がやらなければならないこと。

僕の使命。僕の存在意義。

そう。僕は幸せに生きるために生まれてきたのではない。

母さんに託された研究を前に進めるために、生きているのだ。

このためにパワーアップしたんだ。

僕は走った。

ラボに向かうと、PCを立ち上げる。はやる気持ちを抑えながら、頭に思い浮かんだコードを書き足していく。

僕には仮説があった。

知的活動を模倣するようにソルトをアップデートできない理由。

それはソルトに自主性がないからではないか。

0号は、明らかに自ら知的活動を行うように成長している。もし0号にあってソルトにないものがあるとすれば、それは自主性ではないか？

そうだとしたら、あとはそれをどう実装するかだ。

いつも難しいのは、問いを立てることのほうだ。そうすれば、答えはおのずから導かれる。

僕は夢中でキーを叩《たた》いた。

いったいどれくらいの時間、そうしていたのかわからなかった。空腹は感じない。ただ、瞳の奥に、燃えるような熱だけを感じていた。それは僕の心臓を動かし、両手を動かし、そしてコードとなって、0と1の世界に流れ込んでいく。

そして。

「できた……」

それは完成した。

これまでの強化学習に対して、自主的に情報を再統合する機能を書き加えた、アップデート。

母さんの研究を、一歩前に進める作品。

僕は震える手で、ビルドを押した。

「これで……」

僕の手が書いたコードは、ブラウンのソルトに流れ込み。

そして。

苦しみはじめ。

やがて、自壊した。

つまり、失敗ということだ——

「なんで！」

気がつくと、僕はそう叫んでいた。その振動は、研究室に冷たく反響し、空虚に消えていく。

「彼女のパワーアップってやつはどこにいったんだよ！」

右手が痛みを検出する。机を力任せに叩《たた》いたからだ。しかし脳に送られた信号は、それを痛みとは認識しない。痛みはもっと、別のところにある。身を切るような、痛みが。

それから自分がどうしたのか、あまり覚えていない。

気がつくと、僕はベランダでうなだれていた。

枯れたプランターが、室外機の風で揺れている。

僕は街を見下ろす。

白っぽい灰色の街並みが、そこには広がっていた。たくさんの人がそこで生活している。それぞれの幸福と、おそらくは苦悩を抱えながら。

「母さん唯一の失敗作は、僕か……」

そんな言葉が口から漏れる。僕の喉が震わせた空気は舌と口で変形され、その振動は空気と骨の両方を伝わって耳に届く。そしてそれは脳に至って意味を結ぶ。

失敗作。

僕の脳裏に浮かんだのは、0号の笑顔だった。

元をたどれば、僕は自分の研究を進めるために、0号を生み出した。彼女を作ればパワーアップできる。その事例を目の当《ま》た《あ》りにして、僕も彼女によってパワーアップし、研究が進むと考えたからだ。

しかし僕にパワーアップの気配はない。

0号があれだけ成長しているにもかかわらず、だ。

最初は0号が、彼女として未成熟なのだと思った。

作られた瞬間から完璧な機能を果たすとは限らない。ロボットだってそうだ。最初のハードウェアの完成は、むしろスタート地点にすぎない。そこから改善やソフトウェア面でのアップデートを行いながら、徐々にあるべき機能を果たすことができるようにしていくものだ。

だから、学習を通じて彼女に必要なさまざまな要素を揃《そろ》えていけば、きっとそのうちパワーアップに必要な因子を獲得できる——僕はそう考えた。実際、0号は邦人と茜さんに接するうちに、彼女として急激な成長を遂げていた。

にもかかわらず。

僕の実験は前に進まない。

それどころか、僕は研究に向かうモチベーションが変化しているのを感じていた。0号といると、心が安らぐ。いや、安らいでしまう。まるで母さんが生きていたころのように。

それは僕にとっては後退だった。

前進とは、研究の進捗と同義だからだ。

0号が彼女に近づいているのに、僕はむしろパワーアップから遠ざかっている。

「ちゃんと研究しないと……」

論理的に考えて、この状況はひとつの仮説を導く。

0号は僕にとって、逆に作用しているのではないか。

すなわち。

0号が彼女らしくなればなるほど、僕は負の影響を受けるのではないか。

パワーアップのために生み出されながら、むしろパワーアップを阻害してしまうとしたら。

それは、失敗作という他ないだろう。

少なくとも、研究を託されながら、それを成し遂げることができない僕と同じ程度には。

仮説は常に、検証を求める。

僕はゆっくりと立ち上がると、準備をはじめた。

メイクアガール
MAKE A GIRL

第五章 ADORATION

「茜《あかね》さん！　あの！　私、手を繋《つな》いだんです！　明《あきら》さんと！」

私は一緒に学校の階段を上る茜さんに、そう言いました。

茜さんはそれを聞くと、ちょっと驚いた顔をしました。

「え、あなたたち、そんな感じになってたの？」

私は得意になって、先を続けました。

「おうちでお料理して、ふたりで食べて、手を繋《つな》いだんです！　どうです、これってもう、普通の女の子ですよね？　彼女ですよね？」

私は明さんと手を繋《つな》いだときの感触を思い出しながら、ジェスチャーで茜さんにそれを伝えました。茜さんは私の手を見ながら、少し考える素振りをしました。

「それって、握手じゃない……？」

「繋《つな》いだんです！」

誰がなんと言おうと、繋《つな》いだものは繋《つな》いだのです。茜さんであろうと、その事実を変えることはできません。

私は一歩ずつ、着実に、彼女になっているのですから。

しかし、まだ十分とは言えませんでした。

明さんのパワーアップは、まだ果たされていません。

「でも明さん、食べたあとで寝ちゃって」

「はあ」

「ソルトに手伝ってもらって、お布団《ふとん》に運んだんですけど。でも私、前に茜さんが言っていたことを忘れてしまって」

「私、なにか言ったっけ？」

「はい。彼氏が寝ているときに、彼女がすることがあるって。だからチャンスだと思ったんです。明さんが寝ているあいだに、なにかしなくちゃって思ったんですけど、思い出せなくて」

私が真剣に考えていると、茜さんの顔がみるみる赤くなっていきました。

「そ、それはまだ早いかな⁉」

「いいえ、早くありません！　むしろ遅いくらいなんです！」

もっともっと彼女らしくなって、一刻もはやく明さんをパワーアップさせてあげたい。

今の私は、そのために情熱を燃やしています。

「教えてください。私、どうしたらいいんですか⁉　どうしたらもっと、明さんの彼女らしくなれますか⁉」

そう茜さんに詰め寄ったとき、私たちは階段を上り終え、平坦《へいたん》な廊下を歩いていました。

「無理しなくていいんじゃねぇの」

ふと、つぶやく声が聞こえました。

目をやった先にあったのは、窓から外を見ている後ろ姿。

その背中は、邦人《くにひと》さんのものでした。

「……それってどういうことよ」

不穏な空気を醸《かも》し出《だ》す茜さんに、邦人さんは振り向かないまま答えます。

「彼女らしくならなきゃ、なんて考えてもしょうがねぇって
しょうがない。

その言葉に、私はショックを受けてしまいました。そして、自分がそんな反応をしたことが意外でした。私がやっていることは、考えても仕方のないことなのでしょうか。

「無理したってうまくいかねぇもんはうまくいかねぇだろ」

「ちょっと、急になんでそんなこと言うわけ？」

「急にじゃねぇよ。事実だろ」

「0号《ごう》さんががんばってるの、邦人だって見てるでしょ？」

おそらくは私の落ち込んだ様子を察してのことでしょう、茜さんは怒りを滲《にじ》ませました。

しかし、うなだれたままの邦人さんを見て、茜さんは気づきます。

「もしかして――」

邦人さんの背中は、無言でその疑問を肯定していました。

「――あちゃあ、振られちゃったか」

「うるせぇ」

そう言い返した邦人さんの声は、燃え残った炭のようにザラッとしていて、今までに聞いたことがない響きをしていました。

「そもそも、0号ちゃんは、何で明が好きなの？」

「え？」

振り向いた邦人さんの目が、私を射抜きます。

なにを聞かれたのか、すぐには理解できませんでした。

「だって、生まれたばかりの0号ちゃんに、明を好きになる理由ってないじゃん。そういう風に生まれたからってだけでさ」

「こら！」

声をあげたのは、私ではなく茜さんでした。

「いくら自分が振られたからって0号さんに八つ当たりすることないでしょ！」

いつもの突っ込みではない、真剣な怒りのトーン。

茜さんは邦人さんをひっぱたこうと手をあげます。

呆然《ぼうぜん》としながら、私は投げかけられた問いを飲み込もうとしていました。

「私が明さんを好きな理由……？」

口にした言葉はゴロゴロとしていて、とても体の中に入っていきそうにありません。けれど、吐き出してしまうこともできませんでした。

「バカの世迷言《よまいごと》だから気にしなくていいって」

茜さんは逃げようとする邦人さんの襟首を捕まえて、拳でガツンと殴りつけました。

「痛ってぇ！」

「八つ当たりの報いよ！」

「八つ当たりじゃない！」

邦人さんは大きな声を出して、茜さんを振りほどきます。

それはほとんど悲鳴のようでした。

「八つ当たりでしょ！　0号さんは……0号さんは関係ない！」

茜さんの振る舞いも、邦人さんの軽口も、普段ならじゃれあいのようなものでした。

けれど、今日だけは違いました。

邦人さんの振る舞いにも、茜さんの反応にも、どこか違和感がありました。そしてそれは、私に関係あるのだと直感しました。私には、なにか気づいていないことがある。

「関係ある！　俺は――」

「やめなさい！」

「俺は――0号ちゃんと一緒にいたから！」

「っ……！」

茜さんは、苦しそうに顔を背けました。

邦人さんも、しまった、という顔をしています。

きっと邦人さんにとって、それは言うべきでなかったことなのでしょう。

でも、私はその先を、確かめなくてはなりませんでした。

「どういう、ことですか」

邦人さんは荒いため息をついて、頭をガシガシと掻《か》きました。そうしながら私の様子を窺《うかが》っているのがわかります。けれど私に退く気がないことが伝わったのでしょう。邦人さんは、ゆっくりと話をはじめました。

「あいつ――佳菜《かな》がさ。0号ちゃんに熱心に教えてたのが、気に入らなかったんだってよ。彼女は私でしょ、って何度も言われた」

「そんなの、ただの仕事じゃない！　後輩に教えてあげることのなにがいけないのよ！」

茜さんは鋭く反論しました。邦人さんは、ばつが悪そうに続けます。

「まあ、0号ちゃんを連れてきたのは俺だったしな。俺は0号ちゃんがそういう意味で好きなわけじゃないし、好きなのは佳菜だって、何度も言ったんだけど。でも喧嘩《けんか》してるうちに……俺なんでこいつのこと好きだったんだっけ、ってわかんなくなってさ」

途中から声が震えていたのは、きっと涙をこらえていたのでしょう。

けれど邦人さんはそれ以上その気持ちを外に出すことなく、呼吸を整えました。

「いや、やっぱ八つ当たりだな。0号ちゃん、ごめん。君のせいじゃない。俺が悪かったんだ。俺が、もっと――」

「わ、私……」

邦人さんの話は、私の体に、雷を落としました、強い電流が流れたように感じました。その衝撃は私を焼きました。あまりにも強いショックを受けると、体が言うことをきかなくなることを、私ははじめて知りました。私は、その場に倒れそうになって――

「0号さん！」

茜さんの声を背に、気がついたときには、駆け出していました。

私はとんでもないことをしてしまいました。

自分が彼女になることに精一杯で。

邦人さんの彼女を、壊してしまいました。

私は逃げました。

廊下を走って、階段を下りて、茜さんと一緒に来た道を引き返しました。でもどこに逃げればいいのかわかりませんでした。私の体に流れる痛みはずっとついてきます。ぐるぐると巡って、どこにも出口がない。だんだん自分がどこにいるかもわからなくなりました。

私はただ、明さんの彼女になりたかっただけなのに。

こんなことになるなんて、誰も教えてくれませんでした。誰も。

階段の横に、ソルトが充電されていました。私はソルトを蹴飛ばしました。大きな音を立てて、ソルトは倒れます。その音は反響して私にぶつかりました。そんなことは無意味だと、そう言っているように聞こえました。

そう、無意味です。

八つ当たりなんか。

本当はわかっていたのです。

この痛みは、どうすることもできない。

なぜなら、私のものではないからです。

これは、佳菜さんの痛みなのですから。

「……0号さん？」

倒したソルトを起こしてその隣に丸まっていると、そんな声が聞こえました。

追いかけてきた茜さんです。

私はなんと返事をしたらいいかわからず、黙ったままでした。

茜さんはなにも言わず、私の隣に座りました。

私たちは、ふたりでしばらくそうしていました。

そのうちに、チャイムが鳴りました。

「……授業、行かないんですか？」

私はうずくまったままそう言いましたが、茜さんは別の答えを返しました。

「0号さん、さっきはごめんね。私が余計なこと言ったから」

「いえ。私のせいです」

本当にそう思いました。茜さんはなにも悪くありません。

「邦人さんは、私にお料理を教えてくれました。邦人さんが教えてくれたから、私は彼女に近づけたんです。なのに私は……そうです、戻って謝らないと」

立ち上がる私の手を、茜さんは摑《つか》みました。振り向くと、茜さんは首を横に振っています。

私は手を引かれるがままに、もう一度座りました。

茜さんはそれからため息をつくと、悪態をつきます。

「謝ることないわよ。あのバカ」

「邦人さんは、バカじゃありません」

「バカよ。あいつもあいつの彼女も、私もみんなバカ」

「みんな――私も、ですか？」

茜さんはなにか言おうとしましたが、途中でやめたようでした。

そしてしばらく考えてから、もう一度、口を開きました。

「……0号さんは一生懸命がんばってた。熱心で、いろんなこと、すぐにできるようになって。私もそれを応援したかったの。そう……明とのことも」

こんなに素直な茜さんを見るのは、もしかしたらはじめてかもしれません。

私は静かに、続きを待ちました。

「だって、邦人と彼女の問題は、0号さんには関係ないじゃない。だからいろいろやったけど――」

茜さんは苦々しい顔で歯をぎしりと鳴らしました。

「――結局うまくできなかった。私にも責任あると思う」

「そんなことありません！」

私は声を張り上げていました。

「茜さんは、いつも私のこと見てくれて、気遣ってくれて、いろいろ教えてくれて……だから、私が悪くて……」

でも、それ以上言葉を続けることはできませんでした。なんて言ったらいいか、わからなくて。

私たちは、再び黙り込みました。

「……なんで人は、人を好きになっちゃうんだろうね」

茜さんが小さくそう言って。

佇《たたず》むソルトが静かに、それを見つめていました。

■

その日は、うまく眠れませんでした。

朝はやくに目を覚ました私は、なんだかじっとしていられなくて、部屋を出てみます。

カーテンから漏れる外の光が、待機状態のソルトを静かに照らしていました。

(そもそも0号ちゃんは、なんで明が好きなの?)

(なんで人は、人を好きになっちゃうんだろうね)

その問いは、私にとってまったく新しいものでした。

どうして、私は明さんが好きなんだろう。

そういう風に作られたから。

でも、だとしたら。

今ある私が好きなものも苦手なものも、そういうふうに作られたから?

私の体はふらついて、待機状態のソルトに体が当たってしまいました。

ソルトは大きな音を立てて、その場に倒れます。

私はこの子と一緒なのかな。

ううん。

そうじゃないはず。

私はカーテンを開けました。朝の光の眩《まぶ》しさに目を細めます。

その中に、黒い鳥が飛んでいるのを見つけました。

私はそれを見て、思います。

今まで、私は彼女として成長してきました。

茜さんを観《み》て、邦人さんに学び、普通の女の子に近づけるよう、努力してきました。

しかし、それだけでは足りないのかもしれません。

私は彼女です。

でも普通の彼女ではありません。

明さんの彼女です。

思えば、私は彼女について学ぶばかりで、明さんのことを知ろうとしてきませんでした。そもそも明さんは研究ばかりで、最近は私を呼んでもくれません。明さんの横に立って、研究が進むのを見守っていたのが懐《なつ》かしいほどです。

「茜さんを観察してわかったことがあるように、明さんを観察すれば、なにかわかるかも」

もっと明さんについて知りたい。

そうすれば、きっと答えに近づけるはず。

どうして明さんが好きなのか。

なぜ人は人を好きになるのか。

その答えを、私は見つけます。

私はそのために、生まれてきたのですから。

■

「だって明さんは私の恋人じゃないですか。恋人は休日も一緒に過ごすものです」

私はそう言って、嫌がる明さんを無理やり引きずり出しました。

研究が進んでいないからと言い張っていましたが、それは本末転倒というものです。

私は一刻もはやく、明さんをパワーアップさせてあげなくてはなりません。明さんがスランプ気味なことを、私は知っています。スランプだからこそ、普段と違うことをして気分転換したほうがいい。私はそう明さんを説得しました。

「今日は服を選びます！」

「服は足りてるよ、このツナギが作業には一番いいんだ」

私は明さんの服装を見ました。確かにいつもオレンジの作業服を着ています。

「そうじゃなくて、私の服です！」

オススメのお店は、事前に茜さんに聞いておきました。茜さんはちょっと呆《あき》れた様子でしたが、笑って応援してくれました。今まで茜さんは、私のことをずっと応援してくれていました。いろいろあったけれど、やっぱり前向きにがんばりたいと思ったし、きっと茜さんもそのことを感じてくれたのだと思います。

こんなふうに、明さんと出かけるのははじめてでした。学校とも、明さんの研究ともぜんぜん関係のない場所。明さんの言う通り、別に服なんて買いに行かなくてもいいのです。私だって服が足りないわけではありません。

でも。

行かなくてもいいところに行く。

やらなくてもいいことをやる。

だからいいのです。

「ねぇ、これはどうですか？」

茜さんのオススメの服屋さんは、駅ビルの中にありました。私はワンピースを手に取って、体に当ててみます。明さんは首をかしげています。

「どうと言われても。あまり機能的には見えないけど」

「そういう客観的なことじゃなくて。明さんが好きか嫌いかが大事なんです」

「僕が？」

明さんはきょとんとした顔をしました。明さんのそんな表情は珍しくて、私はなんだか嬉《うれ》しくなってしまいました。

明さんは多分、ちょっと困っています。

なのに私は。

もっと困らせたい、と思いました。

「そうです。私は明さんの彼女なんですよ。明さんが気に入る格好がしたいんです」

「うーん、僕は機能的な格好がいいと思うけど」

「それは明さんが着るならでしょう？　明さんの使命は研究すること。私の使命はその明さんをパワーアップさせること。だから明さんがパワーアップできそうな服が、一番機能的なんです」

「服も関係あるのかなあ」

「可能性があるものはちゃんと検討しないと、でしょう？」

「まあ、一理あるかな……」

明さんは顎に手を当てました。

詭弁《きべん》だということは、自分でわかっていました。明さんが納得しそうな理屈を並べただけにすぎません。でもいいのです。私にとって大切なのは、今、明さんとこうして時間を過ごして、明さんを観察することなのですから。

　それから私はいろいろな服を試着しました。

「これはどうですか？」

「うーん、肩が出ているのは動きやすそうだね」

「こっちは？」

「柄が派手だから、遠くから視認しやすい」

「これなんかどうでしょう？」

「そ、それはちょっと露出が多すぎるかな……もう少し表面を保護したほうが……」

　結局いろいろな服を着て、明さんがこれがいいのではないか、と言ってくれた服を買いました。最後まで自信はなさそうでしたが、ともかく明さんがいいと言ってくれた服です。どんな判断のサンプルでも、今の私には貴重でした。

　帰り道、四角い紙袋を手にして跳ねる私を見ながら、明さんは釈然としない顔をしました。

「……ねぇ、君の服を僕が選ぶことに何の意味があるのかさっぱりだよ」

「わかりませんか？」

「服のコーディネートは専門外なんだ」

「違いますよ。明さんが選んでくれるだけで、私は十分だってわかったんです」

「それも茜さんが教えてくれたの？」

「いいえ、ただ私がそう思っただけです」

「また……君が……？」

「私が……？」

明さんの言葉を聞いて、私は立ち止まりました。

私が。

私は確かにそう言いました。

はじめにそう口にしたときには、違和感はありませんでした。

けれど、よく考えてみれば、それは私にとって、画期的なことでした。

世界がひっくり返ってしまったようでした。卵は立って、地球は丸くなり、太陽の周りを猛スピードで回転していました。

私は普通の女の子を目指してきました。

だから邦人さんに学び、茜さんを真似《まね》てきた。

そして明さんの考える彼女とはなにかが知りたくて、明さんを観察しようとした。

でも、私は気づいてしまいました。

それは違ったのです。

私は、私の考える彼女になりたい。

なぜ明さんのことが好きなのか。

それはまだ、わかりません。

だとしても、明さんと一緒にいたいと、私は望んでいる。

知りたいという気持ちは、まだあります。でもそれは、明さんが望むパワーアップのためでは、もはやありませんでした。明さんのためじゃない。私がそうしたいのです。

私は、明さんと一緒にいたい。

私は、いろいろな景色が見たい。

私は、もっと素敵な彼女になりたい。

私は、
私は、
私は、
私は、
私は――

次から次へと、その先に続く言葉があふれてきました。

大切なのは、理由じゃない。

私の気持ち、なのです。

私は世界の真実に触れてしまいました。

なんだ。

好きって、これでいいんだ。

「ねぇ明さん！　私すごいことに気づいてしまいました！」

明さんは立ち止まった私の少し先で、こちらを振り返りました。

私は走って明さんの隣に並びます。

「またこれからもこうして遊びましょうね、明さん」

「え、いや、それは……」

明さん。

私、明さんが好きです。

今はまだ、言葉にする勇気はないけれど。

それは私の中で、疑いようのない確信へと変わったのでした。

メイクアガール
MAKE A GIRL

第六章 DECELERATION

「明《あきら》さん、放課後です。遊びましょう」

「明さん、終わるまで待っていてくださいね」

「明さん、週末はおでかけです」

「明さん！」

0号《ごう》は、そう言って僕を連れ出した。

ラボにいても、自宅にいても、学校にいても、0号は何度でも僕を誘った。

僕はそんなことをしている場合ではなかった。本当は、研究を進めなくてはならないのだ。

でもなぜか、0号の誘いを断ることはできなかった。

0号はいつでも僕を求めている。僕を連れ出し、意見を聞き、時間を過ごしたいと望む。

いかに研究が進んでいないと説明しても、そんなことは関係なかった。

0号に悪気がないことはわかっている。僕をパワーアップさせるべく、彼女に必要な条件を満たそうと試行錯誤しているのだろう。まさに自主性だ。あのときの邦人《くにひと》の言葉は、その時点では想像もつかないほど大きな影響を僕たちに与えていた。限定的なシンギュラリティと言ってもいい。

しかし。

0号といるあいだ、僕は研究者ではなく、普通の男の子だった。

それは明らかに、研究に必要な要素ではない。事実、まったく研究は手につかなくなっていった。単純に研究に向き合う時間が減っただけではない。0号と会っていないときも、0号のことを考えるようになってしまった。ディスプレイに表示されたコードを書き足すとき、設計の3Dモデルを回転させるとき、なぜか0号の顔が浮かんでしまう。彼女の透き通った目が、柔らかく微笑《ほほえ》む唇が、僕の心を搔《か》き乱《みだ》した。

「明さん！　今日はどこに行きましょうか！」

授業を終えるチャイムが鳴った瞬間、隣の席の0号はそう話しかけてくる。授業中からずっとこちらを見つめていたことを僕は知っている。そのせいで、開いたPCに集中できなかった。授業が終わった瞬間これだ。そしてこれが、ずっと続く。放課後も、夕方も、夜も、次の日の朝も、毎日、毎日。

それは恐怖に他ならなかった。

いちばん怖かったのは、だんだん研究なんてどうでもいいのではないかという気分になっていったことだ。0号を嫌っているわけではない。憎んでいるわけでもない。むしろ0号と時間を過ごすのは楽しかった。満ち足りていた。でも、そうであってはいけないのだ。僕は研究者だから。僕が満ち足りるのは、研究がうまくいったときだけであるべきだ。このままでは、僕は研究者ではなくなってしまう――

――いや、それはもはや未来形ではない。

まともに研究を進められていない僕は、本当に研究者なのだろうか。

なんでもない、どこにでもいる、普通の男の子にすぎないのではないか。

だとしたら。

僕はなんのために生きているのだろう。

気がつくと、僕は走り出していた。

「明さん、どうしたんですか、ねぇ明さん！」

そんな0号の声に背を向けて、僕は廊下を走った。階段を駆け上がり、蹴り飛ばさんばかりの勢いでドアを開ける。体が僕を連れていったのは、いつもの屋上だった。

フェンスに全身をぶつけると、獣のような唸《うな》り声が口から漏れた。

僕は。

なんのために。

「……いつになく元気じゃねぇか」

皮肉っぽいそんな声に、僕は我に返って振り返る。

そこにいたのは、邦人だった。

いつものように校舎の壁を背にして、もたれかかるように座っている。

「邦人……教えてくれ。僕はいつパワーアップできる？」

「はぁ？　パワーアップ？」

「彼女ができてから！　時間がとられたり、集中できなかったり！　マイナスのことばかりなんだ！」

僕は邦人に詰め寄っていた。

それが合理的な行動でないことはわかっていた。でも、僕は自分自身を止めることができなかった。こんなに感情的になるなんて。やっぱり僕は劣化している。

「明、それは……」

「これじゃあ前の方がまだ研究者としてマシだった！」

「違うんだよ、明」

「何も違わないよ。だって君は彼女がいたらパワーアップするって言ってたじゃないか！」

僕は答えを求めていた。

この現象の、理由を。

「……そんなもん気分の問題だ。ゲームみたいに決まった手順と結果があるわけじゃない」

「気分？　気分ってどういうこと？」

「好きな人と一緒にいたら楽しいし、別れたらなんも面白くねぇ。わかるだろ？」

「それがなんだっていうんだよ！　そんなのパフォーマンスになんの影響もしない！」

「そうだ。お前にとって0号ちゃんが恋愛の対象じゃないなら、あの子とどうなってもパワーアップなんてしねぇ」

僕は耳を疑った。

パワーアップ、しない。

邦人はそう言ったのか？

「いつも通りのお前だよ。彼女なんていてても意味がねぇ」

いつも通りの僕。

彼女なんていても、意味がない。

じゃあ、僕はずっと——意味のないことに、振り回されてきたのか。

なら、なんのために、0号を生み出したのだろう。

僕は研究のために生きている。

その研究が行き詰まっていた。

だから僕は、それを打開する可能性がある彼女を作った。

でも、そこに意味がないのなら。

また振り出しだ。

僕は絶望してなどいなかった。むしろ清々《すがすが》しい気分だ。
気にすることなどなかったのだ。
うまくいかないことには慣れている。
カップ麺を作るのに5分かかる装置。
死んでしまった不老不死のクラゲ。
変形すると壊れる変形マシン。
自分の頭をもぎとってしまうロボット。
できたところでなにも変わらない彼女。
すべて同じだ。
簡単なことだ。認めて前に進めばいい。試行錯誤なくして研究はない。
これまでだってそうしてきた。これからもそうしていくだけだ。
認めよう。
今回の実験はうまくいかなかった。
0号は、失敗作だ。

第七章　TERMINATION

「今日、行くところがあるんだ。一緒に来てくれ」

そう言って明《あきら》さんが、私をデートに誘ってくれました。

最近は私から誘ってばかりだったので、とても驚きました。明さんが研究で疲れていることは、態度からわかっていました。それでも私は、明さんとずっと一緒にいたかった。その気持ちを止めることは、もうできませんでした。それが私の一方的な気持ちだったとしても。他でもない私が、そう望んでいました。私はひとりしかいません。だから私の願いを叶《かな》えるのも、私しかいないのです。

だからとても嬉《うれ》しかった。

明さんが、出かけようと言ってくれて。

私は鏡の前で髪を整え、服を着て、おかしいところがないか何度も点検しました。

でも、明さんはずっと浮かない顔でした。私にもそれくらいはわかります。やっぱり、実験がうまくいっていないのでしょうか。

私はそれでも、明さんについていきました。

そのうち、私たちはマンションにつきました。ごくごく普通の、どこにでもありそうなマンションです。どなたか、お友達に会いに来たのでしょうか。

「ここは……誰のおうちなんですか？」

明さんはやっぱり答えてくれませんでした。

足を止めずに、マンションの中に入っていきます。

「待ってください明さん！」

私が明さんを追いかけていくと、明さんはある部屋の前で立ち止まり、ドアノブを回して家に入りました。

「えっ、明さん？」

私はそれを見て、とても驚きました。慌てて明さんを止めます。

「だ、ダメですよ！　勝手に人の家に入るのはよくないです」

「大丈夫。ここは君の家だから」

「え？　私の……家……？」

なにを言っているのか、まるでわかりませんでした。

ここが私の家なわけはありません。

だって明さんと一緒に住んでいる、あの家が私の家なのですから。

明さんは奥に入って、照明をつけました。

目を疑う、というのは、こういうときに使う表現なのでしょう。

そこに広がる光景を理解するのに、時間がかかりました。

リビング。キッチン。そこにあるすべてのものは——

「あれ、これって私の部屋と同じ……え？」

スリープモードになっていたソルトが起動し、出迎えるようにこちらへと寄ってきます。

「今日からこの部屋は君が住むんだ。生活に必要なものも全部そろってる」

明さんはそう言いながら、首にかけたメモリを、ソルトに渡しました。

その瞬間、体中を、寒気が走りました。

理由はわかりません。でもなにか、起こってはいけないことが、起こっているように思われました。

「なにを言ってるんですか！」

思わず叫んだ私に、しかし明さんは答えてくれません。

「お金の心配もいらないよ。君用の口座に用意しておいたから、確認しておいて。それから——」

「待ってください！　それって、どういうことですか⁉」

「どういうって言われても……だから君がここに住むんだよ。今日から友達になろう。クラスメイトだ」

「友達？　クラスメイトって、いきなりそんな――」

なにもかも、意味がわかりませんでした。

いいえ、本当はわかっているのです。

なぜなら、私は明さんをパワーアップさせる彼女になるべく、さまざまなリファレンスを参照してきました。その中には、こういうシチュエーションもありました。むしろ、私はこの状況の意味を完璧に理解している。そして理解しているからこそ、受け入れたくない。

明さんの言うことは、なんでも受け入れられます。どんなことでも。

だって私は、明さんの力になるために生まれてきたのですから。

でも。

これだけは――

「……私、明さんの嫌がることをなにかしましたか？」

それだけ言葉にするのが精一杯でした。本当はそんなことが言いたいんじゃないのに。

「いや、君は何も悪くない。ただ僕の研究がうまくいかなかっただけだから、本当に気にしないで」

そんなわけはありません。

だって、明さんのために私は生まれてきたのです。

うまくいかないというのなら、それは私のせいに決まっています。

私のせいで、明さんが、遠くに行ってしまう。

「そんなの、嫌です……」

「え？」

気がつくと、私は明さんの手を摑《つか》んでいました。どこにも行かないよう、強く。

「どうして私から離れようとするんです！　あなたは恋人がほしかったから私を作ったんじゃないんですか！」

「彼女を求めたのは、期待していた効果があると思ったからなんだ」

「それでも、私は——」

彼女として生み出され。

彼女になるべく学び。

彼女には自主性が必要だと知り。

その先で、私は私を手に入れました。

彼女だから、明さんが好きなんじゃない。

明さんが好きだから、彼女なんだと。

そう思えたばかりなのに。

どうしてそれが伝わらないんだろう。

受け入れてくれないんだろう。

そう思うと胸がどんどん熱くなって、燃えるようでした。そこからあがった炎に焦がされるように、息が苦しくなっていきました。

渦巻く煙に咳《せ》き込むように。

今まで言えなかったことが、飛び出して。

「――あなたのことが好きなんです！」

言ってしまった。

それは、私がわざと、つとめて、言わないようにしてきた言葉でした。

人がどうやって彼氏と彼女になるのか、私は学んでいました。

どちらかがどちらかに、好きと言って。

そうしてそれを受け入れることで、お付き合いがはじまって。

彼氏と彼女という関係性が生まれるのです。

それが普通。

でも、私たちは違います。

明さんは研究者で、私はその明さんによって造られた存在です。

私はそのことを、どうしても認めたくありませんでした。

今さら好きと言ってしまえば。

告白というプロセスを踏んでいないことを、認めるようで。

普通ではない、普通にはなれないことを受け入れてしまうようで。

ずっと言いたかった、でも言えなかったその言葉は、けれどもう、放たれてしまいました。

それは明さんにぶつかり。

明さんはそれを受け止めないまま。

「そりゃあそうさ。好きになるよう作ったんだ。君から生まれた感情じゃない。あらかじめ設計されていた成長のひとつだよ。手掛けた僕にはそれがよくわかる」

ぶつけられたまま行き場を失った私の気持ちが、床に転がりました。私はそれを見つめるようにうなだれます。

「……手掛けたからわかる？　それっておかしくないですか？」

引き下がれませんでした。

終われませんでした。

私は――

「そうやって設計されたはずの私は、なにひとつ納得してません！　これはあなたにとっても計算外のことなんじゃないんですか？」

私は明さんを見つめました。ありったけの力を、視線に込めて。

「明さんはときどき私のことがわからないって言ってましたよね」

「いや……」

息を飲む音が聞こえました。明さんの足が、後ろに下がります。

「それって、私の想《おも》いは設計したことがすべてじゃないってことでしょう⁉」

「それは……」

私は踏み出しました。明さんが距離を空けたぶんだけ。離れないように。

私には、私があります。

だから好きな人がいます。

この気持ちは、作り物なんかじゃない。

「ねぇ、答えてくださいよ。明さん！」

明さんの襟首を、私は摑《つか》みました。

暗闇に落ちていく。

深海へ沈んでいく。

そうならないよう、縋《すが》るような想《おも》いで。

けれど。

「ああもう、そんなこと！　僕にかまうのはやめろ！」

明さんは、そう、叫びました。

そのときでした。

体に、電流が走った気がしました。
なにか別のものが、入り込むような感覚がして。
焼けるような熱を体に感じます。
違和感を感じて、さっきまで明さんを掴《つか》んでいた自分の右手に目をやりました。
私の右手は、震えて。
それから、ゆっくりと持ち上がりました。
どうして。
勝手に動くの？
だって。
私の体なのに。
次の瞬間。
その右手が、私の首を掴《つか》みました。
鋭く、強く。
私の指が、私の首に、食い込んでいきます。
「あ……ぐ……！」
声にならない呻《うめ》きが漏れました。
息ができませんでした。

私の右手は、私を止めようとしていました。

「ねぇ、0号《ごう》。僕の――いや、母さんの研究はすべて主の意思に逆らえないよう、プログラムが仕込まれている。もちろん君も例外じゃない」

遠のきつつある意識の中で、明さんの声が聞こえました。

私は体の力を抜きました。もう反抗する意思がないことを示すために。

すると私の右腕は、徐々に力を失って。

やがて首から離れました。

私の体は、酸素を求めて激しく息をします。

「これでわかっただろう？　君はそういう風にできてるんだ。だから変に反抗しないでくれ」

「いや、です……っ！」

チカチカと視界が明滅していました。

酸素が足りないのか、それとも私の中のなにかからの合図なのか、それはわかりません。

それでも私は手を伸ばし、縋《すが》ります。

でもその手は、振り払われて。

「なんでそうなる!?　生体制御は度が過ぎれば死んでしまうこともあるんだ！　もうおとなしく――」

「好き……なんです」

「だからそれは！　作り物なんだって！」

「わたしはあなたが――」

その手が明さんに届くことは、ありませんでした。

明さんは背中を向けて、走って家を出てしまいました。

扉が閉まる音が、空虚に響きます。

「明さん……！」

ひとりぼっちになってしまった私は。

その場に崩れ落ちて、泣きました。

それは生まれてはじめての。

失恋、でした。

メイクアガール
MAKE A GIRL

第八章　REPRODUCTION

そういうわけで、僕は0号《ごう》と別れた。

これで僕の研究を邪魔するものはなにもなくなった。

そもそも、彼女によってパワーアップするというアイディア自体が失敗だったのだ。これまでの幾つもの研究と同じように。

また改めて、研究に向き合おう。

僕ならきっとできるはずだ。母さんの、子供なのだから。

問題の原因は取り除いた。今度こそ、うまくいく。

——そのはずだった。

僕は何度もコードをコンピュータに打ち込み、そして何度もソルトをアップデートした。

ソルトはそのたび痛みをこらえるように暴れまわった。

失敗。失敗。失敗。

なぜ。どうしてうまくいかないんだ。

コンピュータに向かっていても、コードの向こうに0号がいる気がした。

物音を聞くと、ついそちらに目をやってしまう。無論、そこにいるのはソルトだけだ。

だんだん声さえも聞こえてくる。

明《あきら》さん。

明さん？

明さん！

明さん——

「ああああ！」

僕はテーブルの上にあるキーボードを掴《つか》むと投げ捨てた。引っかかりながら抜けるケーブルの感触。たくさんのキーが立てるガシャンという大きな音。腕を払うとモニターが床に落ちた。

液晶が割れて、この世の終わりのような黒と、光り輝く虹色がコントラストを作った。

その色は、0号の瞳に似ていた。

どうしてそんな目で僕を見るんだ。

その笑顔があっても。

僕が研究を前に進められなかったことは。

事実なんだ。

「消えろ！　消えろ！　消えろ！」

僕はマウスを摑《つか》むと思い切り投げる。

うなだれたソルトの額に当たり、カシャンと軽い音が響く。

「０号がいなくなったのにどうしてこんなにも集中できない！」

めまいがした。世界がぐるぐると回っている。まるで嵐に揉《も》まれる難破船のように。

僕は倒れそうな体をなんとか支えようとする。

「これじゃあさらに頭が鈍くなってるじゃないか……っ」

僕は研究者なんだ。普通の男の子じゃない。

そうであってはならないんだ。

気づいていた。誰もが僕を畏怖の目で見つめている。あの天才科学者、水溜稲葉《みずたまりいなば》の息子だと。あの若さでソルトを引き継ぎ完成させた、やはり天才の子は天才だ。でもそれは違う。僕はまだなにも成し遂げられていない。ソルトはまだ完成していない。僕はその先にたどり着かなくてはならない。母さんはもういない。だから僕が引き継がなくちゃいけない。母さんが成すべきだったことを、母さんに託された、僕が。

あらゆる発明は、必要から生まれる。

子が母から生まれるように。

僕は研究するために生まれてきたんだ。

だから、研究ができなかったら。

僕は——失敗作だ。

これまでの僕の研究と同じ。

世界に存在する価値がない。

なのにどうして。

どうして0号のことばかり考えてしまうんだ。

どうしてこんなにも心を乱されるんだ。

誰か助けて。

誰か。

母さん——

そのとき、後ろから、小さな音が聞こえた。低い羽音のような、かすかな響き。

振り向くと、ブラウンのソルトが、こちらに手を伸ばしていた。

なぜだ？　あんなに何度も試しても、一度もうまくいかなかったのに。なぜ今、動いているんだ？　最後のアップデートが成功していたのか。いや、そんなはずはない。コードの反映にタイムラグがあるわけがない。いったい——

混乱しているあいだにも、ソルトは僕に近づくことをやめない。

背部に接続されたケーブルが引っ張られ、コネクタが強引に抜かれる。
そのうち車輪が段差を踏み外し、ガシャンという大きな音を立てて床に倒れる。
そのまま精密な五指を備えた手が、こちらに伸びる。
どこまでも僕に縋《すが》る、その姿を。
僕は見たことがある。
銀色の髪と、虹色の瞳が、こちらを見つめて。
(好き……なんです)
0号の姿が、そこに重なる。
やめてくれ。こっちを見ないでくれ。
僕は。
君を。
——捨てたんだ。
後ずさった僕の足が、なにかを踏んだ。
それが叩《たた》き落《お》としたモニターであることを、理解する前に。
僕の体は仰向けに倒れていた。
後頭部を衝撃が襲う。
そして僕は、まるで電源が切れるように、意識を失った。

白い影が、うっすらと僕を覆った気がした。

■

「明くん。明くん」

懐《なつ》かしい、あたたかい声がした。

ゆっくりとまぶたを開くと。

そこにいたのは、母さんだった。

「おはよう、明くん。意識はあるよね？　私のこと、わかるかな？」

穏やかで優しい顔。

柔らかくも底が知れない、夜の海のような声。

「はい、お母さん」

そう答えた僕は子供で、裸だった。

なにかいろいろ言わなくてはならないことがあるはずだった。

僕ね、いっしょうけんめい研究してるよ。

きっと母さんみたいになれるよね？

うまくいくのは遺《のこ》してくれた研究ばかりで。

僕は失敗ばかりだけれど。
それでもがんばってるんだ。
だから喜んでよ。
笑ってよ。
褒めてよ。
生きていていいって言ってよ。
失敗作じゃないって。
僕を捨てないで。
母さん――！
「違いますよ、明さん」
ゆっくりと立ち上がりながら発せられたその声は。
母さんの声ではなかった。
聞き慣れた声。心がざわつく声。
僕は顔をあげる。
そこにいたのは。
「私はあなたの恋人でしょう？　それとも母親になった方がいいですか？」
母さんと同じ服を着た、０号だった。

「ぜ、０号……なんで……なんで君はいつも僕の邪魔をするんだ⁉」

――そう自分が叫ぶ声で、僕は目を覚ました。

嫌な汗で全身が濡《ぬ》れていた。体が酸素と安寧を求めて、荒い呼吸を繰り返す。

そうしてようやく、僕は自分の部屋にいることに気づく。

部屋といってもラボではなく自宅のほうだ。僕は敷きっぱなしの布団《ふとん》の上に体を起こして、あたりを見回す。段ボールに入ったいろいろな部品。寝室というには物置っぽいし、物置というには生活感がありすぎる。そんないつもの景色の中に、僕は思いがけない顔を見つける。

「びっくりしたぁ」

そこにいたのは、庄一《しょういち》おじさんだった。

相変わらずぼさぼさの髪に、どこを見ているかよくわからない顔つき。ヘラヘラしていてとても驚いているようには見えない。おじさんはいつもそうだ。笑っているのに、ちょっと得体が知れないところがある。

「おじさん……来てたんですか」

僕は慌ててそう取り繕う。しかしおじさんは相変わらず飄々《ひょうひょう》とした感じで続けた。

「廊下で君を見たときは、目を疑ったよ。ソルトに引きずられる人間なんて、はじめて見たからね」

僕はぼんやりと、意識を失う前にソルトの姿を見たことを思い出した。どういう状況だったのかはよくわからないが、とにかく気絶した僕をソルトが運んでくれたのだろう。そしてそれを見つけたおじさんは、心配してそばについていてくれたというわけだ。

僕は布団《ふとん》から出て立ち上がると、キッチンに向かった。嫌な汗をかいて、台風の中を歩いたみたいに体が濡《ぬ》れていた。そのすべてが自分の体から発せられたとは信じられないくらいだ。砂漠のように喉が渇いている。水を飲みたかった。

「まったく。叫ぶほど0号ちゃんのことが気になるなら、追い出さなきゃよかったのに」

まるで子供の交際に口を出す無神経な父親のような口調で、おじさんはそう言う。僕が0号と別れたことは、おじさんにも伝わっているらしかった。いや、おじさんはどう理解しているのだろう。別れたといっても、もちろんそれは単なる別居以上のニュアンスがある。少なくとも僕はそのつもりだった。

真剣には聞こえないおじさんの声に苛立《いらだ》ちをぶつけないよう、僕は慎重に声を制御した。

「研究者には家族より優先しなきゃいけないことがある。おじさんは昔そう言ってましたよ」

「それを言われちゃなにも言えないな！」

おじさんは本当に愉快そうに、声をあげて笑った。

「でも君はすでに第三人類として0号ちゃんを作ったじゃないか。焦《あせ》ることなんてなにも――」

「僕の力なんかじゃありません。おじさんは知ってるでしょ」

僕はキッチンでマグカップに水道水を注ぎながら、そう答える。

「……ああ、そうだね。彼女は同期の中でも特別に目立っていたからね」

おじさんがそう答えるまで、幾ばくかの間があった。

ふたりがどういう関係なのか、僕はよく知らない。特別に目立っていた、とは婉曲《えんきょく》な表現だ。母さんが研究室でこう呼ばれていたことを僕は知っている。化け物――と。こんな風体でも、おじさんも研究者だ。そんな同期のとんでもない化け物に対して、それなりに思うところはあるだろう。具体的にそれがどんな感情なのか、僕にはわからない。それでも僕を引き取って育ててくれたのだから、おじさんは優しい人だ。それだけははっきりしている。

当然のことだが、僕は自分が生まれる前の母さんに、会ったことがない。

それでも、そのコンセプトが昔からあったことを、僕は知っている。

そもそも、ソルトはなぜ開発されたのか。母さんはそのすべてを書き残してはいなかった。しかしソルトのコンセプトノートには、ソルトを第二人類として開発したことが記されていた。それがどのような意味を持っているのか、そのすべては書かれていなかった。だから今のソルトは、あくまで母さんが考案したプロトタイプをベースにして、僕がおじさんの要望に合わせて再構築したものだ。本来のソルトは、もっと高度な知的活動を目指した形跡がある。僕が今やっている、そしてうまくいっていない研究とは、母さんが作りたかったソルトを作ることだ。

そして、第二人類としてのソルトには、その先がある。

それが第三人類。

ロボットではない、有機体をベースに人間とほぼ変わらない活動が可能であるように設計された、人造人間だ。僕が0号を作り出すことができたのは、母さんが研究していた第三人類のレシピを、そのまま再現したからだ。

でも。

母さんはそもそも、なぜ第三人類を生み出そうとしていたのだろう?

僕はソルトを、より人類に近いかたちにアップデートしようとしていた。

それはあくまで、母さんが作りたかったソルトの不完全な再現だ。

もしソルトをサポートロボットとして考えるなら、そこまで高度な知的活動は必要ない。

母さんはいったい、なにを目的にしていたのだろう。

母さんが成し遂げたかったこと。

それは、多分。

研究だ。

本来のソルトが企図した高度な知的活動とは、研究のことじゃないのか?

第一人類、母さん。

第二人類、ソルト。

第三人類、それは——

返事をしない僕を見て、答えに窮したと思ったのだろう。おじさんは少し話題をズラす。

「君と君のお母さんはすごいって話さ。彼女の研究記録の内容が理解できてるんだろう？」

「一部だけです。母さんの記録を読むことくらいしか特技がないのに、それすら満足には……」

母さんがいなくなったあとも、研究はちゃんと記録に遺っている。

でも、それは他の誰にも、どんなに優秀な研究者にも理解できないのだ。

母さんは天才だった。だから独自の思考様式と、独自の言語で研究を進めていた。この世界に存在するどんな言語も、母さんについていくことはできなかったのだ。

一般の研究者が母さんの研究を読んだ感覚は――たとえば日本語話者にとってのアラビア語やマレー・インドネシア語、あるいはまったく知らないプログラミング言語を読む感覚に等しいはずだ。この世界でひとりしか使っていない言語。それが母さんの思考様式であり、その研究のベース言語だ。いや、それは言語であるかどうかすらあやしい。なにしろ記述された見た目はネットワーク状に広がった図のように見える。複雑なタンパク質の構造を表現するために化学式だけではなく立体構造が必要なように、母さんの思考はそういった様式でなくては記述できないのだ。世界にたったひとり、水溜稲葉だけを使用者とする稲葉語――

いや、今の表現はひとつだけ正確でない点がある。

この世界で、この言語を使っている人間が、母さん以外にもうひとりいる。

それが僕だ。

失敗作ばかり生み出している僕が、研究者として評価されている理由。

それは母さんの遺《のこ》した研究を解読できるからに他ならない。

しかしそれも完全ではなかった。僕には読めない部分もある。

結局僕は、母さんの劣化コピー――あるいはコピーですらなく、単なる暗号解読機にすぎない。研究をその先に進められたことなんて、一度もないのだ。

おじさんは僕の顔色を見て、明るい声をあげた。

「暗いなぁ～！　暗い！　研究者云々《うんぬん》はいったん忘れて、家族としてどういう人だったか思い出を楽しめばいいじゃないか」

「おじさんちの家出騒動、まだ忘れてないですからね？　家族問題で人に説教できる立場ですか」

僕は呆《あき》れると同時に、もはや感心していた。棚上げはおじさんの才能である。

「……そういうのが、稲葉の教育方針かい？」

おじさんは、少し声の響きを変えてそう言った。

そしてこういう皮肉を言える頭の回転の速さも、おじさんの持つ才能のひとつで。

「まあ、どうこう言える立場じゃないことは間違いないけどね。君のほうがよっぽど子育てに向いているんじゃないか、明くん！」

なにも言わない僕の表情だけを見て、その感情を的確に読んで話題を変えてくるコミュニケーションの上手さも、その才能に加えてよいと思う。

「いえ、僕は……」

戸惑う僕を見て、おじさんは少し間を空けて、目線を落とした。

「……このあいだね。海中《うみなか》くんが言っていたよ。なにかを得るためには、なにかを犠牲にしなくちゃいけないってね」

僕は絵里《えり》さんの顔を思い出す。そういえば、しばらく顔を合わせていない気がする。

「彼女はソルトからサポート機能を削って高機動型にしたんだ。それだけじゃない、二足歩行型による戦闘タイプも研究している。昨今は物騒だからね。警察や消防もあるが、軍事にも――絵里くんの方向性には需要がある。特に海外にはね」

言っている内容はわかる。わかるが、なぜ今その話をされているのかわからなかった。僕の戸惑いを読み取りながら、おじさんは続ける。

「なに、それを聞いてね。意外といいこと言うもんだ、なんて思ったんだよ。私もずいぶんいろいろなものを犠牲にしてきたからね」

少し考えて、僕は質問した。

「おじさんは、それでなにを得たんですか？」

頭の回転が速いはずのおじさんが、その質問に答えるのに、ずいぶん長い時間を要した。

「……家庭をほったらかして、妻に逃げられ子供に嫌われるほど研究に打ち込んでも、私は稲葉には届かなかった。彼女の研究の残滓《ざんし》を売り込む先を見つけて、小銭を稼ぐのが精一杯さ。それが研究者といえるかい？」

「それは……僕が決めることではありません」

少なくとも、それは小銭というレベルの金額ではないことだけは確かだった。僕や絵里さんが研究を続けられるのは、おじさんがいるからだし――それはきっとおじさんなりの、母さんの遺志の継ぎ方なのだろうとも思う。

「まあ、こうは言えるかもしれないね。海中くんの言うことは正しいが、十分じゃない。なにかを得るために、なにかを犠牲にしないといけないことはある。しかし、だ――」

おじさんは眼鏡を指で直して、僕をまっすぐに見据えた。

「――犠牲にしたからって、欲しかったものが得られるとは限らないんだな、これが」

その目は、飄々《ひょうひょう》とした口調には不釣り合いに鋭かった。

おじさんは、いつもそうだ。伝えたいことを直接言わない。外堀を埋め、まるで将棋で王手をかけるように、順番に駒を進めていく。気がつくと、盤面にはひとつのメッセージが浮かび上がっている。

僕は0号を犠牲にした。

それでいったい、なにを得たんだ？

しかしその思考は、そこから一歩も進まなかった。

ただ0号のイメージだけが、どこにも行かずに、僕の中に留まっている。

おじさんは大きく伸びをすると、よっこらしょ、という実に年寄りじみた掛け声と共に立ち上がった。

「さて、私は帰るよ。こういう説教は柄じゃないんでね。よーし、帰りにラーメンでも食べるか！　妻も子供もいないから昼間からビールも飲み放題だ！　はっはっは！」

おどけながら去っていくおじさんの背中は、なんだか妙に大きい気がした。

僕はおじさんを見送ったあとで、その仕草を真似《まね》して伸びをすると。

「よし」

小さく口の中で言って、立ち上がった。

■

いつものように研究室に来たものの、僕はどうしたものか考えあぐねていた。

自分のこと。

0号のこと。

母さんのこと。

けれど一向に答えは出そうにない。
停止したブラウンのソルトの前に膝を抱えて座りながら、ふと思う。
今、０号はなにをしているのだろうか。
なにを思っているのだろうか。
さみしくはないだろうか。
なんだか結局、０号のことばかり考えている。
０号。
僕の元彼女。
いったいこれからどんな関係を結んでいけばいいのか。
どうしたら研究が成功するのか。
そもそも僕は、なにがしたいのか。
まるで答えが出なかった。
それはまるで、黒い箱の中身を当てようとするようで。
「はぁ……ブラックボックスが大きすぎるよ、母さん」
思わずそうこぼす。
すると、急に肩に手が置かれた。
０号！

僕は驚いて振り向く。

しかしそこにいたのは、彼女ではなかった。

真っ白な姿。

それは研究室の清掃用に置いてあるソルトだった。

「なんだ、君か。最近の君たちは積極的だな」

意外だったので、ついそうして話しかけてしまう。

ソルトからこちらにアプローチしてくることは珍しい。ソルトのソフトウェアは、指示を受けて活動する受け身のプログラムだ。

しかしソルトは僕の二の腕を抱えるようにして引っぱっている。

「え？　なに？」

僕が戸惑いながらも立ち上がると、ソルトは僕の手を引いた。

「なんだか、こんなのばっかりだ。君も0号と同じくらいよくわからないことをするんだね？」

そう独り言をこぼしながら、引かれるままにソルトについていく。

ソルトの側から呼び出しがあるということは、清掃において、なんらか自力では解決できない状況があるということだろう。大きめの器具を倒してしまったとか、僕がうっかり機材をルート上に置いてしまったとか、そんな感じなのではないかと思う。

ソルトの行動よりも意外だったのは、自分の心情だった。
0号がやることには、あんなに苛立《いらだ》っていたのに。
ソルトがやるぶんには微笑《ほほえ》ましい。
その差が自分でも不思議だった。
僕は0号が、嫌いなのだろうか。
いや、むしろ——
戸惑いながらも連れていかれた先は。
0号の生まれた培養器《ばいようき》の前だった。
ガラス製の巨大な円筒。巨大な試験管。
僕はその中に、0号を幻視する。
生まれたままの——いや、生まれる前の姿で浮かぶ0号。
あのとき、僕はパワーアップの期待に満ちていた。
今やそれは失望へと変わってしまったわけだけれど。
しかし、ふと思う。
0号は、どう感じていたんだろう。
いや。
なぜソルトは僕をここに連れてきたんだ？

ふと隣を見ると、ソルトが手を差し出してくる。

僕は少しかがんで、精巧に作られたそのマニピュレータを見つめた。

「なにかな？」

その瞬間だった。

ソルトの手に、青い光が輝く。

「……っ!?」

過電圧だ。あの日、学校でソルトを爆発させたのと同じ。でもどうして？　いや、火花をあげているということは電圧は——触れたら——

まずい。

危険だ。

頭で考えるより。

体を動かすより。

ソルトの動きは、速かった。

その光が、僕の額を焼いて。

僕の意識は、痛みと共に旅立った。

■

気づけば僕は、再び銀杏《いちょう》並木の中にいた。

「ここは――」

それがいつかの夢の続きであることに、僕はすぐに気づいた。

僕の手は、母さんに引かれていた。

まるで、さっきのソルトにそうされたのと、同じように。

夢の中の母さんは、いつもと同じ姿をしている。

「どうしたの、明くん？　疲れた？」

「疲れたわけでは――」

母さんは、少しかがんで背の低い僕の様子を窺《うかが》う。僕は質問を、とっさに否定する。

並んで歩いているのに、いつもずっと前を歩いているような気がした。僕のことなんて構わないというように。でも今は、母さんは僕に目線を合わせて、話をしてくれている。気遣ってくれている。

母さんが――水溜稲葉がなにを考えているのか、僕にはずっとわからなかった。同じ思考言語を使い、この世界でもっとも水溜稲葉に近いはずなのに、それでもどうしようもなく埋められない距離をいつも感じていた。それくらい母さんは、ずっと遠い存在だった。

でも、本当はそうではないのかもしれない。こうして僕のことを、いつも気遣ってくれていたのかもしれない。

たとえ、それが僕の願望だとしても。

「——あ、いえ。疲れたのかもしれません。多分、僕は疲れていません」

僕は素直に認める。多分、僕は疲れているのだ。自分自身よりも、母さんのほうが僕のことをよく知っている。

「あと少しだから、がんばろう？　実はプレゼントもあるの。明くんならきっと喜んでくれると思うな」

母さんがバッグに手を伸ばす仕草を見て。

全身を寒気が襲った。

「待って！」

反射的にそう叫んでいた。もはや本能だった。人間としての、ではなく、研究者としての。

それがいかに恐ろしいものであるか、僕は知っている。

「それは他の人にあげてください。僕には荷が重すぎます」

母さんの研究が収められた、特別なメモリ。

今は0号の手の中にあるもの。

彼女と別れたあのとき、別れのせめてもの餞別《せんべつ》に、とソルトを通じて渡したものだった。

それだけが、僕が持っている、彼女に渡せるものだったから。

けれど。

僕は無意識に、そのメモリを手放したかったのかもしれない。

もはやそれは、苦しみの根源でしかなかった。

だってそうだろう。

僕は、母さんが望む研究者には、なれなかったのだから。

「これがなにか知ってるのね――」

母さんはそう述べて、僕の頭を撫《な》でた。

その手はあたたかくて。

不思議と体が落ち着いていくのを感じる。

いかに人智《じんち》を超えた天才であろうとも。

母さんは、僕の母さんなのだ。

「――じゃあここは現実じゃなくて、私がこの中に残した記憶なのかな」

母さんが続けたその言葉遣いにわずかな違和感を感じて、僕は質問する。

「記憶……？　そのメモリは研究の記録でしょう？」

「記録じゃこうして会話もできないでしょう？　そんな勘違いをしてたってことは――なにか、研究したの？」

「なにも……」

無意識に言《い》い淀《よど》む。

彼女が欲しかったから作りました。

そんなこと、母さんに言えるわけがない。

でも、母さんがそう聞くということは。

そこにはなにか、意味があるのだろう。

「……いいえ、女の子を作りました」

目をそらして、正直にそう告白する。

いったいなんと言われるかと思ったのだが。

恐る恐る見た母さんの顔は。

「嬉《うれ》しいなぁ」

喜びに綻んでいた。

「え？」

「気づいてくれてよかった。私があなたに一番贈りたかったものが、まさにその子だったから」

意味がわからなかった。

まるで0号のことを、知っているような。

ここが夢の中だから？

いや、違う。これは夢ではない。母さんの記憶——いや、それも不正確だ。ここは母さんが残したデータの中。母さんの意識を部分的に再現したプログラムだ。

聞くべきことは山ほどあった。しかし考える前に、問いは口をついて発される。

「母さんは僕に研究を引き継いでほしかったんじゃないんですか？　だから託すって……」

「この子に託したの」

母さんは、メモリを指してそう言った。

この子。

思わず口の中で、その言葉を繰り返す。

すべてが歪《ゆが》んでいく気がした。

いや、歪《ゆが》みが正されていくというべきか。

これまで答えを求めて、長大な式をずっと変形してきた。代入し、置換し、変換してきた。

なのに。

正解はわからないのに、自分が導き出した答えが誤っているという直感。

母さんは続けた。

「私は病気で、もうあなたと一緒にはいてあげられないから。代わりにこの子が私になってくれる」

差し出された母さんの手の上には。

メモリが置かれていた。

僕が引き継ぎ。

0号に渡した、あのメモリ。

「僕じゃなくて……0号に……？　じゃあそもそも研究なんて最初から……あれ？　あれ？」

その違和感がどこにあるのか。僕の思考は展開された数式を逆順に遡っていく。

「明君が大きくなった姿も見たかったなぁ。君が高校生になったらさ。きっと私なんかとはあまり話してくれないんだろうな。それでね。大人になったら私の知らない世界をたくさん見て、たくさんの困難にぶつかるの。そういうとき——」

僕は近づいている。

答えに。

母さん。

0号。

「——家族がいたら楽しいと思って。だからこの子」

世界が反転した。

正しいと思っていた前提が、まるで違っていた。

平面だと思っていた世界が球形だった。

一定だと思っていた時間の流れが本当は変化するものだった。

波状だと思っていた光が粒の性質を持ち合わせていた。

彼女だと思っていたあの子は――

「なんですかそれは……なんなんですか！　じゃあ、僕が全部勘違いをしていただけ……？」

自分をパワーアップさせてほしくて、僕は母さんの研究から0号を作った。

しかし、母さんが0号に託したのは、まったく別のものだった。

結論がすべての事象を整合的に説明していく。

あの安心感は、あの苛立《いらだ》ちは。あの子がなんのパワーアップもさせてくれないからじゃなくて、彼女だからとかそういうんじゃなくて。もっと単純な話だったんだ。

そう。すべては間違っていた。

いや、違う。本当はなにもかも最初から正しかったのだ。

それを僕だけが勘違いしていた。

なくしちゃいけなかった。

切り捨てちゃいけなかった。

僕が欲しかったのは研究者としての成功なんかじゃない。

そうだ。僕が欲しかったのは――

「どうしよう母さん。0号にひどいことをしてしまったんだ！」

きっと僕は思い詰めた顔をしていたと思う。けれど母さんは、穏やかに語る。

「あら、この子のこと？　仲直りしてあげればいいんじゃない」

「仲直りって、人間関係はそんな簡単なものじゃないんですよ！」

「許してくれなかったら、また違う方法を試せばいい。研究だってそういうものでしょう？」

「そうですけど……」

作ろうとした言い訳はむにゃむにゃと消えていった。

そう、本当はわかっている。

前提が変わったのなら、結論も変わる。

それに、僕自身がついていけていないだけだ。

「ほら」

気がつくと、その建物の入口に、僕たちは立っていた。

尖《とが》った屋根の形が、その意味とともに胸に突き刺さる。

児童養護施設。

そう。

これは僕と母さんの、別れのシーン。

そればかりを、僕は心の中で繰り返している。

僕は母さんが死ぬところに立ち会えなかった。いや、立ち会わなかった。立ち会わせてもらえなかった。自分がもうじき死ぬと悟った母さんは、僕を児童養護施設に預けた。

僕は母さんと、別れられていない。

だって。

さよならを、言えていないから。

母さんは僕の背中を押す。

「そろそろ迎えに行ってあげて」

「またこうしてお話できますか？」

母さんは答えず、微笑《ほほえ》むだけだった。

「生きなさい。あの子と一緒に」

「はい、母さん」

そして。

泡が消えるように。

夢が覚めるように。

母さんは、いなくなった。

そして僕は受け取った。

足りなかった、最後のピースを。

あるいは、この世界そのものを——。

メイクアガール
MAKE A GIRL

第九章 ABDUCTION

「聞いたよ？　明《あきら》くんに追い出されちゃったんだって？」

絵里《えり》さんはそう言って、私に飲み物をくれました。自販機の光が私たちを照らしています。

追い出された、という言葉に、私は曖昧な返事をするのが精一杯でした。

私が明さんと――そう、別に住むようになってから、もう一週間でした。明さんには、それから一度も会えていません。なにも手につかなくて、アルバイトのシフトも出せず、ひとりでうろうろと歩く日が続きました。茜《あかね》さんとも、邦人《くにひと》さんとも、顔を合わせるのが気まずくて、相談することはできませんでした。なにせあんなことがあった後です。

私は世界で、ひとりぼっちになってしまった気持ちでした。

いえ、なってしまったのではなく、もともとそうだったのでしょう。

明さんのことが好きだと、私は言葉にしてしまいました。

でもその気持ちは、もう叶《かな》うことはありません。

来る日も来る日も、私は明さんのマンションの前で、明さんが住む部屋の明かりを見つめていました。それしか私にできることはありませんでした。前に進むことも、後ろに退くこともできなくて。

私は明さんが好きでした。

それが私のすべてでした。

なのに、その気持ちがどこにも届かないとしたら。

私はいったい、どこに向かえばいいというのでしょう。

絵里さんが声をかけてくれたのは、まさにそんなときだったのです。私を煌々《こうこう》と輝く自販機の前に連れていき、ブラックコーヒーを買ってくれました。

「そうだ、私に会いに来たことにして、明くんに会わせてあげよっか？」

「え！」

私は思わず声をあげてしまいました。

明さんに会える。

けれど、私はすぐに冷静になりました。

「いえ、やめておきます」

会おうと思えば、会うことはできるのです。ラボに行ってもいいし、おうちに行ってもいい。

私と明さんのあいだに横たわる問題を解決しない限り、ただ会っても意味がないのです。

私が断ったのを聞いて、絵里さんは微笑《ほほえ》みました。それはどちらかというと、苦笑いに近いように私には思われました。

「明くんも悪意があるわけじゃないの。許してあげてとは言わないけどね」

「知ってます」

そう、明さんは私を傷つけようとしているわけではないのです。それは私にもわかっていました。ただ――

「――なにに対しても悪意はないですが、興味もないんですよね」

気がつくと、そんな言葉が飛び出していました。

思えば明さんのことを、そんなふうに誰かに話したのははじめてでした。これが愚痴、というやつでしょうか。そのようなものが存在することは知っていましたが、自分が言う側になるとは思いませんでした。

「なんだ、わかってるんだ。じゃあ励ます必要もなかった？」

「ありがたいです。なんだかこうしてもらえるだけで、少し気が楽になりました」

「まだ0歳のくせに」

絵里さんは握った手を、私の肩に押し付けてからかいました。体が揺れるのが心地よくて、私は自分の頬がゆるむのを感じます。

そんな私を見て、絵里さんは少し遠くを見て、考えながら口を開きました。

「あなたを紹介された日はびっくりしたなぁ。とうとう人を作っちゃったかぁって。明くん、昔から凄《すご》かったから……嫉妬心すら起こさせてくれないんだよね。庄一《しょういち》先生に紹介されてね。はじめて会ったときから、もう研究をはじめてた。私なんかとはぜんぜん違う。でもなんでかな――」

自分の手を見つめながら、絵里さんはつぶやきました。

「――明くんの手の冷たさだけは、今も覚えてる」

絵里さんが、明さんになにかを感じていることはわかりました。でも、私にはそれがなにかはわかりませんでした。絵里さんは私が明さんに感じていることをわかってくれたのに、私にはそうすることができません。私がそうできたら、私と同じように、絵里さんの気持ちも楽になるのかなと思ったのですが、なかなかうまくはいかないものです。

「明さんの手は温かいですよ」

私の目には、自分の手がうつっていました。ゆっくりと握ると、明さんの手の感触が蘇《よみがえ》るようで。私はゆっくりと、何度も手を動かしました。

「私は……普通の人みたいに、明さんの隣に並ぶだけでよかったのになぁ」

「明くんを相手にそれは無理だね」

絵里さんは笑いながらそう言うと、手にしたコーヒーをぐいっと飲み干しました。

「なにかを目指すって、普通に生きることと同時並行できないもの」

「そんなの、わからないですよ。できるかもしれないじゃないですか」

反論したそれが、自分の願望であることはわかっていました。

それでも言わずにはいられませんでした。

私は普通の女の子を目指してきました。そして、だんだんと普通になってきた、と自分では思います。それが明さんのパワーアップに繋《つな》がると、私がここにいる意味に繋《つな》がると、そう信じてきました。

でも、結局それはうまくいきませんでした。

明さんは普通じゃなくなることを目指している。

その彼女になるのなら、きっと普通では足りないのです。

ふと思います。

もし私が、明さんや絵里さんと同じように、研究をしていたら。

絵里さんの気持ちも、そして明さんの考えていることも、わかるのでしょうか。

「そうだったらいいのにね」

絵里さんは、私の言葉を否定しませんでした。コーヒーの空き缶をゴミ箱に捨てて、ガランという大きな音がしました。空洞なものが、空洞なものにぶつかった、そんな音でした。

「私はあの人に——稲葉《いなば》さんに憧れて研究を続けてきたの。いつかああなりたい。ううん、いつか稲葉さんを超えたいって。ずっとそう思ってきた」

うつむいてゴミ箱を見つめる絵里さんの声が聞こえます。それは私に、というより、自分に話しかけているように思えました。

「稲葉さんがいなくなっちゃって、悲しかったけど……正直、ちょっとホッとしたんだ。やっと自分を誰かと比べることがなくなったのかなって思って。でもそしたら――」

その先にどんな言葉が続くのかは、私にもわかりました。

私にとって、明さんという存在が大きな意味を持っているのと同じように。

絵里さんにとっても、私とはまた違う、けれど大きな意味を持っているのでしょう。

「普通な研究者なんて、どこにも居場所がない。普通ではいられないんだよね、私たちは。そして普通な人が、普通じゃない人に勝とうと思ったら、普通じゃないことをしないといけない」

絵里さんは、ゴミ箱の上に手を置きました。まるでその中に捨てられたすべての空き缶を、愛《め》でるように。

「……ごめんね。変な話しちゃった」

「いえ……」

今の私には、そう返すのが精一杯でした。

振り向いて私を見つめる絵里さんの目は、まるでコーヒーが流れ込んだみたいに、暗い色に見えたのでした。

■

私は絵里さんと別れて、自分の家に帰りました。

そう、私の家。

明さんがいない、私の部屋です。

私は靴を脱ぎながら、絵里さんの言っていたことについて考えていました。

明さんは、普通じゃない研究者になりたいと思っている。

私も最初は、明さんをパワーアップさせるのが自分の存在意義だと感じていました。私は明さんを普通じゃなくするために生まれてきた。でもそれはうまくいきませんでした。多分、これからもうまくいかないような気がします。

そう、私は気づいてしまったのです。

結果として、私は普通の女の子になってしまいました。

そんな私の願いは、ただ明さんのそばにいることです。

明さんの研究がうまくいかなくったって、別に構わない。いえ、むしろ、明さんがパワーアップしなければいいとさえ思っています。

本当は、私は知っていました。

明さんが研究に没頭したいこと。

私が一緒にいたいと言うと、迷惑そうな顔をすること。

明さんにとって、私が邪魔なこと。

わかっていながら、それでも明さんと一緒にいたいと願った。

だから私は、捨てられたのです。

私が普通の女の子だから。

明さんに、普通の男の子であってほしいと思ってしまったから。

それでは意味がないのです。

彼女たる私は、明さんを普通じゃなくするために生まれてきたのですから。

なら、私はなんのために生まれてきたのでしょう。

なぜここにいるのでしょう。

普通の女の子は。

なんのために、生きていけばいいのでしょう。

それとも。

もういっそ――

私は暗いリビングの壁に手をすべらせて、照明のスイッチを押しました。なにも見えなかった視界が、急に明るくなります。

そうなるまで、私は気づかなかったのです。

そこに黒い服を着た人が、立っていることに。

「だ、誰？」

私は悲鳴をあげました。手に持っていた鞄《かばん》が落ちました。

黒い服は全身を覆っていて、なにかのスーツのようでした。そんな姿の人は、今まで見たことがありません。ヘルメットを被《かぶ》っていて顔は見えません。

逃げなきゃ。

私は急いで玄関に向かいました。

しかしそこには、同じ黒い服を着た人が、もうひとり。

「あぁっ……」

私は走って窓を目指しました。

飛び降りよう。

一瞬そう思いました。でも、躊躇《ちゆうちよ》してしまいました。

ここは4階です。私の肉体の強度は、人間とそう変わりありません。落ちれば無事ではすまないでしょう。良くて重体。打ちどころが悪ければ死んでしまいます。

死ぬのは怖くありません。

どうせ生まれてきたのが間違っていたのです。

でも。
手に残った、温かい明さんの感触が私を引き止めました。
そう、死ぬのは怖くない。
怖いのは、明さんに会えなくなること。
そのことを思うと、私は足がすくんでしまいました。
後ずさると、とん、という感触を背中に感じました。
振り返ろうとすると。
どこから現れたのか、黒い服の人が、もうひとり立っていました。
３人。
私の背中の人は、私を羽交い締めにしました。
精一杯抵抗しますが、まったく力が違いました。
「っ！　な、なんですかあなたたちは！　どうして！」
けれど黒い服の人は、なにも言いません。
「んーっ！」
なにか布のようなものを口元に当てられると、意識が遠のいていきました。
「やっとあの子の目が離れたんだ……有効活用しないとね」
奇妙に歪《ゆが》んだ声が、そう言ったのが聞こえた気がしました。

並んだ黒い服の人たちが近づいてくるのを見ながら、私の意識は、暗闇の中に落ちていきました。

最後に、私は手を伸ばしました。

それがどこにも届かないと、わかっていながら。

明さん。

助けて。

メイクアガール
MAKE A GIRL

第十章 ACCELERATION

助けて。

夢の中で、そんな声を聞いた気がした。

長い夢だった。生まれてから今までの時間と同じくらいに。

急に痛みを感じて、僕は覚醒する。頬に響く鈍い痛み。それは不思議と苦しみではなく、奇妙な心地よさを持って僕を覚醒させる。

岩を持ち上げるように、重いまぶたを開けると。

そこにあったのは、見慣れた顔だった。

「あれ、茜《あかね》さん？」

茜さんが僕の胸ぐらを摑《つか》んで、こちらを睨《にら》みつけている。

それを見てようやく、頬の痛みは殴られたのだと理解する。

「さんざん無視してくれたあげく、よくそんなすっとぼけたことを……！」

どうして茜さんはそんな切迫した表情をしているのだろう。なぜ僕を殴ってまで叩《たた》き起《お》こしたいのだろう。まあ、茜さんのやることだからな。

そんなことをぼんやりとした頭で考えていると、茜さんの手がもう一発僕を殴るべく振り上げられる。その手はしかし、途中で止まった。

「待った待った！　暴力はよくないって！」

茜さんの腕を摑《つか》んでいたのは、横にいた邦人《くにひと》だった。

なんで邦人までいるんだ？

まだぼうっとした頭で、僕はふたりの顔を見比べて考える。

そもそも僕は、なぜ気絶していたんだっけ。

そうだ、ソルトに電撃を受けて、それで——

いや、待て。おかしい。

ソルトには安全装置が仕込まれている。僕に危害を加えることはできない。母さんによってそのようにプログラムされているからだ。

ならなぜ僕を気絶させることができた？

そもそもなんのために？

そしてほどなくそのふたつに対する説明の答えに、僕はたどり着く。

僕が見たのは、夢なんかじゃない。

僕の意識を一時的に喪失させ、データから仮想的な人格をシミュレートして介入した——

つまり。

母さんが、会いに来てくれた？

「明《あきら》がボーッとしてるのはいつものことだってわかってるだろ！」

「うるさい！　私が今までなに考えてこいつの後処理をしてきたと思ってるの⁉」

「え、そりゃあ……面倒くさい、とか？」

「そうよ！」

茜さんが邦人に向かって叫んでいるのを、僕はまるで他人事《ひとごと》のように見ていた。

徐々に意識がはっきりしてくると共に、自分自身の異変に気づく。

すべての感覚が、鋭敏になっている。

目線。声の振動。微細な筋肉の動き。空気の流れ。

そういったものが、次々に意味を形づくっていく。

砂浜から海を眺めただけで、そこにいる魚の種類と数を言い当てるような。

展望台から街を見下ろすだけで、通りを歩く人々の悩みを解決するような。

認知能力と情報処理能力の、野放図なほど途方もない拡大。

それは奇妙な感覚だった。

すべてが理解できる。

いや、もしかして、これが——

「それをぜーんぶ0号《ごう》さんが引き継いでくれたときの私の気持ち！　わかる⁉」

「解放されてラッキー、じゃねぇの？」

「そうよ、０号さん、すごくがんばるから！　私は――」

「え、お前、もしかして……？」

茜さんの言葉に、僕は反応する。

「0号……？」

そうだ。

0号。

彼女が、助けを求めている。

僕にはわかる。

今の、僕には。

助けに行かないと。

僕は茜さんを振り払うと、コンピュータに駆け寄った。

スリープを解いて、モニターを見つめる。

そこに表示されているのは、母さんの研究だった。

独自の言語で書かれた、さまざまなイメージ。

それが、理解できる。これまでとはまったく異なるレベルで。

僕は震える手でキーボードを叩《たた》き、そしてエンターキーを押した。
奇跡が、起きた。
ケーブルに繋《つな》がれたブラウンのソルトが、ゆっくりと頭を起こす。
もう自らを破壊することはない。
隣の培養器《ばいようき》が音を立てた。
振り向くと、死んだはずの大きなクラゲがそこに蘇生《そせい》している。
変形を試みたソルトの残骸が光った。
自ら勝手に組み上がり、キックボード型に姿を変えていく。
うまくいかなかった、すべての研究。
届かなかったすべての星。
それが輝きを取り戻していく。
まるで魔法のように。
そうだ。
これが――
「やっと読めたよ、母さん」
――パワーアップ。
「ちょっと！」

戸惑う茜さんの顔を見て、僕は叫ぶ。

「茜さん！　0号は今どこに⁉」

「へっ？」

「邦人！　0号は⁉」

「え、ええっと……今日はバイト休みだったし、どこにも行ってないなら家……とか？」

僕は走り出した。

行かなければならない。

そう、僕は勘違いしていた。偶然彼女という概念をパワーアップという目的と結びつけて与えられたことで、自分に必要なのは彼女だと思い込んでしまった。でもそれは違った。本当に僕が求めていたのは、0号になってほしかったのは、彼女じゃないんだ。

母さんがいなくなって、僕はひとりになった。母さんの作ったラボ。母さんの残した研究。不世出の天才であった母さんの研究を引き継ぐこと。それが僕の使命だと思っていた。いや、今でもそう思っている。けれど、それは決して僕を苦しめるために託されたのではない。母さんは、自分にとって一番大切なものを託してくれたのだ。他でもないこの僕に。

なぜ？

母さんは、必要だから僕を生んだのかもしれない。自分の研究を引き継ぐ誰かを求めていたのかもしれない。死にゆく自分の後継者。確かにそれは理由のひとつだろう。けれど十分じゃない。

母さんは、僕のことを愛してくれていた。僕がひとりで生きていかなくてもいいように。そう気遣ってくれていたんだ。

だから、僕はとんでもない失敗をしてしまった。

僕はずっと苦しんできた。課せられた使命の重さに。どれだけもがいても前に進めない徒労感。水溜《みずたまり》稲葉《いなば》の後継者という、ならねばならない自分と、今の自分とのギャップ。途方もないその溝を、小さなスコップで埋めようと土を運び続ける終わりのない作業。

でも。

それは0号も、同じだったはずだ。

僕の彼女として必要だから生を与えられ、僕をパワーアップさせるという役割を求められ、0号はそれを懸命にこなそうとしてきた。必死で普通の女の子になろうと学習し、体験し、成長してきた。0号は僕が生み出した。僕を愛するようにとプログラムして。その意味で、僕は0号の母親なのだ。どんな子供も、無邪気に母親を愛そうとする。なのに僕はそれに応えなかった。本当にひどい。僕は馬鹿だ。

別れなくてはならない恐怖。

期待に応えられない不安。

それを、僕は誰より知っているはずだったのに。

迎えに行こう。そして謝ろう。
僕は0号と、共に生きていきたい。
正直、好きとか嫌いとか、そういうのはピンと来ない。
でも、また会えると思うと、なんだかホッとしている自分がいる。
やっぱり、これが。
家族、ってことなんじゃないかな。
「0号！　顔を見せてくれ！」
僕は0号の家——僕が用意したその家に辿《たど》り着《つ》き、インターホンを押す。
しかし返事はない。僕は痺《しび》れを切らしてドアに触れる。
鍵が、開いている。
「0号……？」
恐る恐る覗《のぞ》き込んでみると、リビングには電気がついていた。
「寝てるのか……？」
靴を脱いでリビングに進むと、そこには想像もしなかった光景があった。
倒れている椅子。
なびくカーテン。
開けっ放しの窓。

倒れた椅子。

そして、0号の姿は、どこにもない。

「いない……?」

しかし玄関には、0号の靴が置いたままになっている。

いや、それはおかしい。口の中でつぶやくと、僕は部屋の隅で待機しているソルトに目をやった。

なにがあったんだ?

僕はソルトからケーブルを伸ばして自分のゴーグルに接続する。残っているデータを見れば、なにかわかるはずだ。

しかし表示されたのは、予想外の文字列だった。

—NO DATA—

「ソルトの視覚データも消されてる? どういうことだ」

通常、ソルトはそのメインカメラで捉えたデータをいったん本体のローカルストレージに保存している。そのデータを元に画像認識と行動の関連を改善しているからだ。

それがなくなっているということは本来ありえない。

誰かが意図的に消した、としか考えられない。

それも、ソルトの仕様について知っている人間が。

産業スパイか。

あるいは――

とにかく、なにかよくないことが起こっていることは間違いない。

どうにかして捜さないと。

そう思った瞬間だった。

僕のゴーグルに、アクセスを知らせる通知が響いた。

「なんだ？」

やがてゴーグルのＨＵＤにマップが表示され、視界に周囲の状況が展開される。

「これは……！」

そこに表示されているのは、近隣の監視カメラの映像データ状況だった。該当時間のデータがすべて消去されている。相手はソルトの仕様に詳しいだけではなく、公共設備のハッキングまで手掛けることができる能力を持っているということだ。

いや、そもそも。

なぜこんなものが僕のゴーグルに表示されているんだ？

マップを表示する機能は確かに存在する。道に迷ったときのために作ったものだ。

それが外部からハッキングされ、強制的に情報が表示されている。

いったいどこから？　アクセス元は――

確認して、僕は目を疑った。

場所は、僕のラボ。

そしてアクセスしてきているのは、あのブラウン、の、ソルト、だった。

どういうことなのか、まるでわからなかった。

確かに、知的活動を模倣する実験は成功した。自力で起動したこと自体はそれほど不思議ではない。ソルトはタスクの発生を感知すると待機状態から自動的に起動して対応するようになっている。それがより高度なかたちで可能になった結果、僕のリクエストを先回りして解決しているのか？　いや、そんなことができるはずはない。ソルトどころか、並の、人間にだって、そんなことは。

いや、とにかく今は0号を捜すことのほうが先だ。

あのブラウンのソルトが手伝ってくれるというのなら、心強い味方だ。

「あれ、この反応は……」

僕はデータの中に、ひとつの信号を見つける。

位置情報を発するビーコン。

それは、母さんの遺《のこ》した、僕が0号に渡したメモリだった。

間違いない。

0号だ。

「見つけた！」
位置は高速で移動している。自動車に乗っている可能性が高い。
僕の足では追いつけない。
だから。
別の足が要る。
「君もおいで！」
僕はさっきまでケーブルを繋《つな》いでいたソルトに声をかけて走り出す。
ソルトは僕に追従する。
行き先は。
窓の外だ。
僕はベランダから飛び降りる。ソルトがそれに続く。
ここは4階。
落ちれば無事では済まないことはわかっている。
問題ない。
パ、ワ、ー、ア、ッ、プ、した僕は、この街に存在するソルトすべての位置と状態、そしてそのコントロールを完全に掌握できているのだ。
だから僕は把握している。

すぐ近くに、もう1台のソルトがいることを。

部屋から飛び降りたソルト。道路から駆けつけるソルト。

2台のソルトに、僕を受け止めさせる。プロペラのように回転しながら、落下の衝撃を逃がし、僕は安全に着地する。

「ソルト!」

走り出した僕は、そう叫ぶ。

2台のソルトは猛スピードで僕を追い越し——正面から衝突した。

バラバラと部品が落ちる。

しかしそれはただの衝突ではない。

ソルトの脚は一輪だ。だから二輪を構成するためには2体のソルトが必要になる。必要な部分をつなぎ合わせ、余剰部品を捨てた——そう、これは合体だ。

ふたつのソルトはたった1・5秒で、キックボードの姿になっていた。

僕はキックボードとなったソルトに飛び乗る。風を受けながら疾走し、コーナーで後輪をすべらせると煙が昇る。僕とソルトは一体となって、最速のルートをリアルタイムに割り出しながら0号の乗っているであろう自動車を追跡する。

あのときは、形にならなかった変形型ソルト。

今ならこんなにも簡単に実現する。

そして、僕の味方はこのソルトだけではない。

この街には、たくさんのソルトが配備されているからだ。

キックボードで街の中を移動しながら、その経路上に位置するソルトを呼び出し追従させる。

この街に存在するすべてのソルト。

それが今、僕の手の中にある。

「これが母さんの見ていた、世界の片鱗《へんりん》か！」

閉ざされていた真理の扉。その向こう側に、僕は触れた。片鱗《へんりん》でさえこれだ。その天才性はほとんど、神の権能に等しい。彼我の相対速度と距離から逆算して、必要な平均速度は、およそ98km／h。時間は夕方。道路には車が多い。普通に走っていては追いつけない。

しかし、今の僕は、普通じゃない。

「体も軽い！」

道路上を移動するすべての自動車の位置、速度、移動方向。変化し続けるそれらをリアルタイムに把握し、最適なルートを導き出す。追い越しては逆走し、すべての自動車を回避する。見てから避けるのでは間に合わない。ならば、最初から避けていればいい。現代の車両のほとんどは自動運転だ。ＡＩによる状況判断は生身の人間より一貫性が高い。ゆえにその経路も予測しやすい。

しかし、それでもすべてを予測することはできない。

自動車の一台が、回避不能なルートに割り込んできた。

それが耐用期限を過ぎたタイヤの影響によるものであることを、僕は知っている。

知っていたからといって、避けられるかは別問題だ。

このままだと衝突する。

それを避けるためには、物理学的な条件を変えなくてはならない。

たとえば、僕が急に加速するとか。

加速に必要なのは、推進力。

そしてそれを、僕は持っている。

僕は右腕を変形させた。さまざまな機能が搭載されている僕の右腕。

ソルトをはじめとしたロボットとの無線通信から。

超小型のジェットエンジンまで――

開口した上腕から取り込まれた空気が圧縮され、内蔵された燃料と混合され点火される。燃料は灯油だ。効率は悪いが、僕はジェット機ではない。爆発はタービンを回転させて推力を生みながら、下腕に展開したスラスターから吹き出す。

時速は一瞬で１８０km／hに達する。

まっすぐ延びたその軌跡は、別の自動車と交差する。そのままだと、衝突。しかしそれも予測できている。事前に配置したソルトを路面に飛び出させる。僕を掴《つか》んだソルトはフライバイの要領で回転によって僕の角度を変える。ガシャンという音。潰れるソルト。しかし構ってはいられない。僕は0号を、助け出さなくてはならないのだから。

キックボードがガタつく感触。直後にガクンという衝撃。後輪が壊れた。当然だ、もとはソルトのタイヤであり、ジェットエンジンによる加速は想定していない。

僕はキックボードを乗り捨てると、地面を走る。抵抗にしかならないが止まるよりマシだ。すぐさま2台の新たなソルトが合体し、次のキックボードを形成する。

「現在地は⁉」

音声を認識して、ゴーグルのHUDにマップが表示。自動車の位置まではまだ距離がある。

「くそ、これじゃ追いつけない！」

こっちが加速するだけじゃダメだ。公道の自動車を縫うにも限界がある。避ければそのたびタイムロスになる。いくらその挙動をすべて予測できても、ハードウェアの側がついていけないのでは意味がない。このキックボードのタイヤはいつまで持つか。

なんとかあの車の足を止めないと――

そのときだった。

視界に一瞬、ノイズが走って。

奇妙な文字列が表示される。

—OVERRIDE—
その文字は瞬く間《またたま》に画面中に広がっていく。
「なんだ……？」
奇妙な気配を感じた。
異変が起きている。
それも膨大な領域に。
まるでこの街そのものが。
なにかに乗っ取られたような——？
その予感は当たっていた。
青だった信号機が、すべて赤になっていく。
止まりきれなかった自動車が衝突する。
幾つもの車両が、自動運転を前提とした予測からはありえない方向に移動していく。
静止していた無人の車両が動き出す。
その意味するところは明らかだ。
ハッキング。
何者かが、街そのものに、乗っ取り《OVERRIDE》を仕掛けている。
その目的がなんなのかは、すぐにわかった。

ＨＵＤのマップ。に表示された目標車両が、その逃走ルートを変え、あるポイントへと向かっていく。この現象が何者によるのかはわからないが、少なくともあの車両を止めようとしていることは確かだ。

僕は表示された情報をベースにして追跡ルートを組み立て直し、そして。

「やっと見つけた！」

ソルトのキックボードで、その赤い乗用車に並走する。

一度捉えてしまえば、止めることは難しくない。

さっきのような街の規模や公共施設ならともかく、自動運転機能にハッキングを仕掛けることは難しくはない。僕はオンライン経由で侵入し――

「ああ、なんでオンライン運転じゃないんだよ⁉」

今日では珍しい手動運転であることが、ＨＵＤの――OFF LINE――の表示で明らかになる。

つまりその自動車は、誰かが自ら運転している。

あえて手動運転を選んだ誰かが。

それはひとつの事実を意味する。

０号を誘拐した犯人は、ハッキング可能な能力を持った誰かが追跡することを前提としている。そうでなければわざわざ手動で運転するなんてことはしない。

そんな人は。

決して多くはない。

けれど、それが誰だとしても。

僕は0号を助けなくちゃならない。

HUDのマップを確認すると、僕はキックボードを走らせた。

メイクアガール
MAKE A GIRL

第十一章 PROTECTION

今行くよ、0号《ごう》。

そんな声が聞こえた気がして、私は目を覚ましました。

そうだ、アルバイトに行かなくちゃ。

夢うつつに、私はそう考えます。

あのファミレスは、私にとって大切な場所になっていました。茜《あかね》さんがいつもみたいに不機嫌なふりをして、邦人《くにひと》さんがそれを茶化して。成長した私はもう、キッチンもホールもできます。注文を取って、お料理をして、それをお客さんに出して。そうしてシフトを終えるのを、明《あきら》さんが研究しながら待っていてくれて。そして制服から私服に着替えたら、ふたりでデートに出かけるのです。

けれど、うっすらと開いた私の目に映ったのは、見慣れた家の天井ではありませんでした。

そこにいたのは、私でした。

ガラス窓に反射する、私の姿。

その向こう側の景色が、すごいスピードで流れています。

そのとき私は思い出しました。

黒い服を着た人たちに、さらわれたことを。

「おはよう。気分はどうかな」

私は車の後部座席に座って、手を拘束されていました。声をかけてきたのは、隣に座った黒い服の人です。視線をめぐらせると、運転席と助手席にもひとりずつ、黒い服の人たちが座っています。

私は力を込めて、拘束を外そうとします。でもそれは無駄な努力でした。おそらくは強固な電子手錠なのでしょう。私の力ではどうしようもないことは明らかでした。

この人たちが誰なのかは、わかりません。

でもわざわざ私を狙う理由は、それほど多くないはずです。

明さんの彼女だから。

私がこの人たちにとって特別な理由は、それしか思いつきませんでした。

「これって……誘拐ですよね」

「まさか。研究の準備だよ」

黒服の人はそう答えます。顔は仮面に隠され、声は変声機によって奇妙に加工されていました。年齢も性別も、察することすらできません。

「なんでこんなことするんですか。私なんかさらっても……なにも研究できません！」

「ダメダメ、わかってないなぁ。君の身体《からだ》はね。私のような人間からするととても価値のあるものなんだ！」

身体《からだ》、という言葉に、私は寒気がしました。

「私……普通の女の子ですよ！」

「普通だなんてとんでもない！　君はあの水溜《みずたまり》稲葉《いなば》の子供によって生み出された第三人類なんだよ!?」

黒服の人は、狭い車内で私に詰め寄ります。逃げようと思いましたが、私の背にあるのは車のドアと、その向こうで飛び去っていくアスファルトの道路だけでした。

「そんなに明さんのことが知りたいなら、このメモリを読めばいいじゃないですか！」

私は胸元で揺れるそのデバイスを、目線で指しました。

それは明さんが私と別れるとき、渡してくれたものでした。

黒服はちらりとそれを見ましたが、すぐに視線を逸《そ》らしました。

「……それはもう見たよ。なにも書かれてなかった」

「でも明さんは本当にこれで……」

明さんが言っていたことがあります。このメモリは、お母さんの研究が入っている、大切なものだと。そこになにも書かれていないはずがありません。

けれど、黒服の人には、そんなことは関係ないようでした。

「記録じゃあないんだよ、そんなものは。だから私でもわかる形で分析したいのさ」

黒服の人の手が、私の体を撫《な》でました。

「君はまさにうってつけだよ、0号!」

私は多分、これから研究されてしまうのでしょう。それがなにを意味しているのかはわかりません。でもきっと、無事では済まないのだということは理解できました。

——私は、私を見つけたと思いました。私には、私がある。それは私にとって大発見でした。これからなんだってできる気がしました。すべてのことは、私が私のために決めていいのです。

着る服も、観《み》る映画も、そして愛する人も。

私は自由でした。

必要とされて生まれたことから、解き放たれて。

私は私のために生きていいのだと思いました。

でも。

それを世界が認めてくれないのなら。

そんな自由に、いったいなんの意味があるでしょうか。

さっき黒服の人は、第三人類、と言いました。

ぜんぜん知らない言葉でした。

私はそんなものではありません。

明さんに想《おも》いを寄せる、普通の女の子。

そのはずなのです。

でもきっと、そうではないのでしょう。

私が本当に普通の女の子だったら、今ここにはいません。

さらわれたのは、私がその、第三人類とやらだから。

捨てられたのは、私が失敗作だから。

本当はわかっていました。

茜さんは生まれたときから普通の女の子でした。でも私は違います。普通の女の子になりたかったのは、私が本来、普通の女の子ではないから。人間ではないから。そもそものスタート地点から私は違う。

そんなにがんばったって、私は私に生まれついてしまったのだから。

普通の女の子になんか、なれっこないのです。

好きな人と一緒にいたい。

私が私を見つけても。

私が私である限り。

そんなささやかな願いさえ叶《かな》わない。

黒い服の人たちの仮面は、どこかソルトに似ていました。

私もソルトと同じなのです。

目的を持って生み出された存在。

明さんをパワーアップさせるというその目的を、失ってしまった作り物。

どれだけ明さんのことが好きでも。

今の私はもう、彼女じゃない。

どうしたらいいのかわかりませんでした。

逃げ出すことはできそうにありません。

黒服からではなく。

私が私に生まれてしまった、運命から。

私にできることは、もう祈ることだけでした。人は困ったときに、神様に祈るといいます。

神様を信じている人の世界観では、人間を作ったのは神様なのだそうです。だから神様に祈る。

なら、私が祈る相手は決まっています。

私を作った人。

私のすべて。

お願い。

助けて、明さん。

その瞬間でした。
キーッという甲高い音がして、体が投げ出されそうになりました。
黒い服の人たちも戸惑っています。
車が止まったところで、私はなにが起きたのだろうと前を見ました。
フロントガラスの向こう。
トンネルの照明に照らされて。
オレンジのつなぎ。
黄色のゴーグル。
白いソルトを従えたその姿は。
私が、ずっと会いたかった人でした。

メイクアガール
MAKE A GIRL

第十二章　DESTINATION

僕はとうとう、誘拐犯の車両を追い詰めていた。

信号、自動運転車両、可動標識——街の中にあるさまざまな要素を駆使して、僕は車両をトンネルに誘導。さんざん迂回《うかい》するルートを取らせた結果、逆側に先回りして待ち構えるだけの余裕があった。

キックボードは結局耐えられず、途中で破損してしまった。

残ったソルトは1体。十分だ。

急ブレーキで停止した車は、トンネルの壁にぶつかりながらUターン。必死で逃れようとする。しかし想定の範囲内だ。

僕はソルトに車を追わせる。

アクセルを全開で踏み込んだ自動車に、ソルトが追いつけるのか？

答えはノーだ。

しかし、それは問題ではない。

トンネルにはさまざまな設備が存在している。照明。通気用のジェットファン。火災対策設備。電子表示板。監視カメラ。そして、普段は地面に内蔵され、通行止め時に展開するバー。

僕は制御システムにアクセスし、そのバーを展開する。

やがて急ブレーキのスキール音がした。

ソルトは速やかに追いつき、内蔵されている調理ナイフでタイヤに穴を空ける。

これでもう、どこにも逃げ場はない。

観念した、ということだろう。車のドアが開いて、搭乗者が次々と降りてくる。

全部で3人。

特徴的な黒装束。特殊部隊に採用されている、海外製の強化スーツだ。

なぜそんなものがここにあるのか、僕にはすでに見当がついていた。

3人は次々と、その装備を脱ぎ捨てていく。

コートとヘルメット。

その下から現れたのは。

黒いソルトが、2体。

それが二足歩行高機動型であることを、僕は知っている。

そして、同じくコートとヘルメットの下からその本性を現した、最後のひとり。

揺れる長い髪。柔らかい笑顔。

そこにいたのは。

絵里《えり》さん、だった。

「こんばんは、明《あきら》くん。こんなところで奇遇だね？」

絵里さんは絵里さんの声でそう言う。

「絵里さん……いえ、うちの子がご迷惑をおかけしていないか心配になったので、引き取りに来たんです」

「今どきそんな厳しく締め付けたら、将来ゆがんじゃうよ？　私ももっと遊びたいなぁ」

「家族同伴でもよろしければ」

僕は自動車に近づく。

そう。

僕は家族を、助けに来たのだから。

しかし、絵里さんはそれを許さない。

「行って！」

そう指示をすると、２体の二足歩行高機動型ソルトが、踵《かかと》の車輪を展開し、滑るようにこちらに迫る。その腕からは、刃渡り30㎝はあろうかというコンバットナイフが展開されている。

僕は絵里さんの話を覚えていた。

これが、絵里さんが軍事用に作った、戦闘用ソルトだ。

戦場で訓練されたプロの軍人と渡り合うべく設計された代物だ。絵里さんの実力は確かだ。その要件を満たすだけの戦闘力を備えていることは、動作を見ても間違いない。

戦って勝てる相手ではない――ただし、それが、僕でなければ。

猛スピードで迫る2体の戦闘用ソルトは、僕の両脇を素通りしていく。

しばらく進むと、僕の後ろでクラッシュ音が聞こえた。続いて爆発。

僕は歩みを進め、絵里さんの前に立つ。

「やっぱダメだったか」

絵里さんはそう肩をすくめた。

「知ってるでしょう。母さんの研究にはそういうプログラムを入れてるって」

「うん。一部だけどうしても上書きできなかったの。やっぱり逆らえないんだね、あの子たちは」

0号《ごう》が僕を傷つけることができなかったように。

ソルトもまた、僕を傷つけることはできない。

それが母さんの残した安全装置だ。

「そこまでわかってて、どうして」

「明くん、昔からすごかったから。嫉妬心すら起こさせてくれないんだよね」

絵里さんの声は明るかった。それがつとめてそうしているのだということは、僕にもわかった。隠しきれないほど震える声。視線は弧を描くトンネルの天井を見つめていた。いや、見ていたのはそのはるか向こうなのだろう。

「あなたにちょっとでも手が届けばいいなぁ、って思ったの。まあだから、君が目の前に現れた段階で、私の勝算はないってわかってたの」

「0号を狙ったのは？」

「私も研究者なんだよ？」

「友人のように思っていました」

僕はそう告げる。

絵里さん。

物心ついたときからラボにいた。僕の先輩。

数少ない、限りなく近い目線で物事を見ている優秀な研究者。

それがまさか、こんなことをするなんて。

すべてがうまくいっているのだと思っていた。

絵里さんの実力は研究室の誰もが認めていた。なにをやっているのかよくわからないことばかり繰り返していた僕とは違う。ソルトの改良——絵里さんの研究は、誰が見ても役に立つ研究だ。実際、戦闘用ソルトの完成度は並大抵ではない。ソルトの開発にかかわった、そして戦闘用と対峙《たいじ》した僕にはわかる。そこに至るまでにどれだけの失敗を積み重ねたのか、想像して余りある。

同じ研究者として、同じ課題に挑んでいるのだと思っていた。計画《プラン》。実行《ドウ》。評価《チェック》。改善《アクション》。

その無限の円環を、繰り返しながらも上昇する螺旋《らせん》に押し上げていこうとする苦難の道のり。

ひとつの山をぐるぐると回りながら昇っていく迂遠《うえん》なルートを通って、少しずつ上昇していくしかない者の悲哀。まっすぐに頂上に至る——いや、もはや最初から宇宙にいるような天才を知っているからこそ、僕たちは歩みを止めずに挑み続けてきた。その高みからの景色に、少しでも近づきたくて。

一方で。

自分でなにかを作っているという感じはしない。

絵里さんがそう言っていたことも、覚えている。

ならば絵里さんもまた、水溜稲葉《みずたまりいなば》という星の炎に焼かれた者なのだろう。

でもやっぱり、だとしたら。

僕と一緒じゃないか。

「だからあなたって……」

つぶやく絵里さんのもとにソルトが接近し、ナイフを向ける。絵里さんはすべてをあきらめたように微笑《ほほえ》みながら、両手をあげて膝をついた。

僕はその横を駆け抜ける。

これで。

ようやく――

車の後部座席の窓には。

見慣れた顔が、覗《のぞ》いていた。

「お待たせ!」

僕はようやく。

0号にたどり着いたのだった。

メイクアガール
MAKE A GIRL

第十三章 RESUMPTION

「帰ろう？　色々と謝りたいんだ」

車のドアを開けた明《あきら》さんはそう言って、後部座席の私に身を乗り出しました。

両手を拘束していた電子手錠は、明さんが触れただけで解除されます。

「今は道路が混乱してるし、どうやって帰ろうか」

安堵《あんど》と心配をにじませる明さんから、私は歩いて離れます。

「0号《ごう》？　どうしたの、どこか痛い？」

その質問に、私は心の中で答えます。

痛くありません。

私はしょせん、作り物なのですから。

この胸の痛みも。作り物です。

「明さんは――明さんは、私もあの子たちと同じだと思いますか？」

「ソルトのこと？　全然違うじゃないか」

壊れて倒れたふたつの黒いソルトをさして言う私に、明さんはそう答えます。

「でも明さんは私の感情は作り物だって言いました」

「ごめん。君には不快な思いをさせてしまったと思う」

「違うんです。私は謝ってほしいんじゃない。わかってほしいんです！」

「もうわかったんだ」

「その場しのぎの言葉なんてやめてください！」

「そんなこと――」

「じゃあ私の心が作られたものじゃないって認めるんですね？」

「それは……わからない。でも今までの君の想《おも》いを勘違いしていたことに気づいたんだ」

私は、自分が笑っていることに気づきました。

明さんは、わかっていません。

私が、作り物じゃないってこと。

明さんは、認めてくれません。

私が、私だってこと。

――それも、当然なのかもしれません。

明さんは私を彼女として生み出しました。パワーアップして、研究をうまく進めるために。

私の存在意義は、彼女であることです。そのためだけにこの世界に生まれてきた。だから私は、普通の女の子になろうとしました。茜《あかね》さんと友達になって。邦人《くにひと》さんに教えてもらって。そうして私は、普通の女の子になりました。

明さんのことが大好きな、普通の女の子に。

それは私にとっては、当たり前の道筋でした。でも明さんにとっては想定外だった。

私は、私になってしまった。

普通の女の子がそうするように、自分の意志を持ち、感情があり、そして愛する人がいます。

確かに、体は作られたものでしょう。それを変えることはできません。

明さんは、それは作られたものだというでしょう。

最初からそのように私を生み出したのだと。

いいえ、違います。明さんは間違っています。

この気持ちは。

私が自分で見つけたものです。

時間をかけて。経験を通じて。

それは私が私であった歴史そのもの。

だからこの気持ちだけが。

私を私にしてくれる。

あなたのことを想《おも》うと、胸が苦しいです。

あなたが近くにいないと、うまく息ができません。

声を聞いて。目を見つめて。手を繋《つな》いで。できることなら抱きしめたい。

好きです、明さん。

世界中の誰より、あなたが好き。

私が見つけた、私の気持ち。

でも、せっかく見つけた私を、誰も認めてくれないのなら。

私はいったいなんのために生きているのでしょう。

この世界に存在しているのでしょう。

それなら、消えてしまったほうがマシです。

愛する人に、自分の気持ちを認識すらしてもらえないのなら。

生きていないのと一緒だから。

私は、伝えなくてはならないのです。

この想《おも》いを。

どんな手段を、使ってでも。

「気にしなくていいですよ。私があなたを嫌いになれないように、人の考え方はなかなか変えられない……だから」

私は屈《かが》んで、壊れた高機動型ソルトの部品を手に取りました。音もなく回る、小さなボールベアリング。

私はそれを握って立ち上がると、振り返って明さんに投げました。

破片は小さな音を立てて、手前の路面に落ちます。徐々に勢いを失いながらころころと転がって、明さんの足にこつんと当たりました。

「いきなりどうしたの？」

明さんは心配そうに尋ねました。でも私は、返事をしてあげません。

さっきボールベアリングを投げた手を握って、もう一度開きました。何度も繰り返して、感触を確かめます。

いける。

次はボールベアリングより一回り大きいサーボモーターを手に取りました。

同じように振りかぶって、明さんに投げます。

「いたっ！　ちょっ――待って！」

明さんは体を腕で庇《かば》いました。そして戸惑いながら私を止めようとします。

なにをしているのか、まるでわかっていないというように。

「やめてほしいですか？」

「当たり前だろう！」

「嫌です」

今度は握りこぶし大のカメラユニットを手に取ります。
手のひらに収まらない大きさ。ずっしりとした重さ。
当たれば怪我《けが》をするでしょう。
私は大きく振りかぶり、全身を使って、明さんにまっすぐ投げました。
それは明さんの頭に当たり。
「ぐっ……」
うめき声と同時に、明さんはドサリと倒れました。
ゴーグルのレンズが割れて、破片が花火みたいに弾《はじ》けました。
そして、私も。
その場に、崩れ落ちました。
「あ……うぐ……」
肺から押し出された空気が、声にならない声になって、喉を鳴らします。
全身が痛みに襲われていました。体がバラバラになってしまいそうなほどに。
——生体制御。
明さんのお母さんによって、私は明さんを傷つけられないように作られています。
この黒いソルトが、明さんを素通りし、自壊したのと同じように。
それでも。

私は、やらなくちゃいけない。

明さんを傷つけなくてはならないのです。

黒いソルトが爆発したときに壊れた、トンネル外壁のパイプ。

明さんを刺そうとしたナイフ。

そのふたつを両手に持って、私は立ち上がります。

手が、足が、腕が、肩が、心臓が、肺が、背骨が、脳が——私のすべてが、私に抗《あらが》います。

体そのものがいまにも砕け散りそうな痛み。

「やめてくれ。生体制御が君を痛めつけるのはよく知ってるだろ」

「はい……とっても痛いですよ、明さん」

私はそう答えて。

鉄パイプを、思い切り振り下ろしました。

明さんは体を引きました。

外した。

「落ち着いて！　僕たちはまだ、話し合いが十分じゃない！」

明さんがなにか言っていますが、そんなことは関係ありません。

もう一回やらなきゃ。

私は軋《きし》む腕をもう一度振りかぶり、叩《たた》きつけます。

明さんがとっさに身を庇《かば》った右腕に、それは命中しました。

あの日、私と繫《つな》いでくれたその手。

義手の表面のシリコンが破れて、中身が見えました。

私は何度も殴りつけました。

その腕が壊れ。

部品が弾《はじ》け飛び。

千切れてしまうまで、何度も。

そして身を庇《かば》うものをなくした明さんの肩に、横に薙《な》いだ鉄パイプが食い込みました。さっきまでと違う感触が、鉄パイプを経由して私の手に伝わります。柔らかい肉。硬い骨。明さんの、体の感触。

明さんは低い悲鳴をあげます。

「なんで……0号！」

「なんで……？」

それは私の台詞《せりふ》でした。

なんで明さんは——なんで私の想《おも》いを信じてくれないの。

こんなに頭が明さんだらけなのに。

でも、現に私は明さんの生体制御に負けちゃった。

そうです。

私は作られた存在だから。

この想《おも》いも作られたものだから。

こんな私じゃ、明さんが信じないのも仕方ない。

どれだけ好きだと伝えても、明さんには伝わらない。

じゃあ、私にできるのは。

これに抗《あらが》い続けることだけだ。

「制御が……とっても痛いからです！」

私は踏み込んで体を屈《かが》めると、明さんの脚に鉄パイプを振るいました。

明さんの体が回転して宙に浮くと、地面に落ちます。

全身を打った明さんは、苦しそうに呻《うめ》きました。

「……言ってることとやってることが滅茶苦茶《めちゃくちゃ》だ！」

「滅茶苦茶《めちゃくちゃ》じゃ……ありません……！」

うつ伏せになった明さんの頭に振り下ろした鉄パイプは、体を転がした明さんに避けられてしまう。

「だってこんなの、非論理的だ！」

体を起こした明さんが、私を見据えてそう嘆きます。

非論理的。

違います。

これ以上ないくらい論理的なのです。

「私は！　私の想《おも》いが本物だって信じてほしいだけなんです！」

そうじゃないと、生きている意味がないから。

私が私でなくなってしまうから。

それくらい。

明さんを、愛しているから。

「このわからずや！　その前に君が死んでしまうぞ⁉」

「それでも！　これが私に許されたたったひとつのやり方だから——」

「だから！　君の体はそういう風にできてないって何度言えば——」

言葉は衝突して、なにも生み出すことはありませんでした。

私は鉄パイプを突き出し、狙いを定めます。

その先には、明さんの顔がありました。

私が明さんのことを好きになるのは、そう作られたから。

私が明さんのことを傷つけられないのは、そう作られたから。

私の気持ち。私の振る舞い。

そのすべてが、作られたものだというのなら。

もし私が明さんを傷つけられたら。

そう作られた運命に、抗《あらが》えるとしたら。

私の気持ちだって、本物のはずです。

証明してみせます。

今ここで。

「だから、ほら――」

私が私であるために。

愛が運命に、勝つために。

「――私、あなたに逆らえます」

膝をついたままの明さんは、私を見上げました。

「0号、もしかして君は本当に――待って。僕も混乱してるんだ。話が違う。なにかおかしい」

明さんは突き出された鉄パイプを摑《つか》みました。

なにを言っているのかわかりませんでした。

私は混乱していません。ずっと同じ話をしています。なにもおかしくありません。

「ちゃんと証明しますから。人の想《おも》いは制御できないって――」

私は掴《つか》まれた鉄パイプから手を離すと、ナイフを逆手に持ち替え。

「——明さん！」

私は、私の想《おも》いを振り下ろしました。

それは明さんの左手に突き刺さり。

赤い血しぶきが、あがりました。

そのときでした。

体に、電流が走りました。

脳から脊髄へ、そこから全身へ。痺《しび》れる感覚は激烈な痛みとなって、私の中を駆け巡ります。

そして。

さっきまで鉄パイプを持っていた左手が、勝手に持ち上がりました。

私の意志と関係なく。

その手は、あのときと同じように。

私の首を、絞めました。

左手は、明さんにナイフを押し込んでいて。

右手は、私の首を絞めています。

それから、声が聞こえました。

「そこまでよ。これ以上やったら、あなたが死んじゃう」

それが誰の声なのか、私にはわかっていました。

本当の意味で、私を作った人。

明さんのお母さん。

生体制御を組み込んだ張本人――水溜稲葉《みずたまりいなば》さん。

そのうちその姿が現れ、私を止めようとしました。

作り物にも、幻覚は見えるのだなと自嘲しました。

それとも、幻覚ではないのでしょうか。

どちらにしても、私がやることは変わりません。

邪魔はさせない。誰にも。

「誰ですか？　関係ない人は、引っ込んでてください！」

「そんな、まさか――いけない、明くん！」

私は稲葉さんを振り払って、明さんを押し倒しました。

私の左手は、ナイフを振り下ろします。何度も、何度も。そのたびナイフは、明さんの生身の腕を貫きました。肉が裂け、血があふれ、骨が見える。きっと痛いでしょう。私だってこんなことしたくはありません。でもこうするしかないのです。だって、誰も認めてくれないから。

明さんが、私を認めてくれないから。

私の右手は、私の首を絞め続けました。生体制御は強力です。すべてに抗《あらが》うことは困難でした。だんだんと視界が狭まり、意識が遠のいていきます。目の前がチカチカして、瞬《またた》く星が見えました。

いつか明さんと一緒に、星が見たいなと思いました。ふたりで街の光が届かない遠くに出かけて。手を繋《つな》いで。一緒に星を数えるのです。きっとそれは穏やかで、素敵な時間でしょう。

私がいて、明さんがいて。まるで世界にふたりしかいないみたいな。

でも今、私は明さんを滅多刺しにしていて。

明さんは息も絶えそうになっています。

こうするしかなかった。

でも。

どうしてこうなっちゃったんだろう。

どこで間違っちゃったんだろう。

もう一度振り下ろそうとしたナイフが、地面に落ちました。

身体《からだ》中の力が抜けていきます。

限界でした。

私の体は、明さんの上に、倒れ込みました。

もう一度体を起こそうとしますが、明さんの胸の上につこうとした手は血で滑って、私は起き上がることはできませんでした。

私にできるのは、もうここまででした。

「……情けないです、私」

「どうして、ここまで」

私がそうこぼすと、明さんはぼんやりと答えました。明さんはまだ生きている。そのことが嬉《うれ》しくて、そして同時に、とても悲しく思えました。

「何度も言ってるじゃないですか」

好きって気持ちを、受け止めてほしいから。

理由は、それだけです。

それだけのことに。

自分の。

相手の。

命をかけられるのが。

きっと、彼女なのですから。

「でも、明さんの勝ちです」

どうして、と明さんは聞きました。

それは私の想《おも》いが、結局伝わらなかったことを意味していました。

できることはすべてやりました。

後悔もありますが、それも仕方のないことなのでしょう。

私は神様にはなれません。

いえ、どんな天才でも、すべてを思い通りに運ぶことはできないのです。

だからきっと、これでよかった。

「あなたの言う通り、私の想《おも》いは偽物《にせもの》だったのかもしれません。でも、だとしても――」

視界が白く染まっていきました。途中から、声になっていなかったように思います。

それでも、最後の言葉というものがあるとしたら。

私にとって、それはひとつしかありませんでした。

「――好きです、明さん」

そして私の世界は、幕を降ろしました。

真っ白ななにかが近づいてきて、私は運ばれていきました。

作り物でも、死んだら天使が迎えに来るのだなと、薄れゆく意識の中でぼんやりと思います。

でも、天国には行きたくありません。

明さんがいないのなら。

どこであっても、私にとっては、地獄にすぎないのですから。

第十四章 UNIFICATION

僕はいつものように、学校の自分の席に座っていた。

校舎の薄汚れた壁。傷ついた床板。使い込まれた机と椅子。永久に綺麗《きれい》にならない黒板。どうでもいい話題であふれる喧騒《けんそう》。なにもかもが変わらない。日常というものは、どうしてこうも強固なのだろうと不思議に思う。その強固さを、構造設計に活《い》かしたいくらいだ。

とはいえ、なにもかも同じではいられない。

0号《ごう》を取り戻すために絵里《えり》さんを追いかけた日、街は大混乱に陥った。一時はテロリストの仕業ではないかと言われていたが、結局システム乗っ取りの痕跡は誰も見つけられず、ソルトの謎の行動も含めて大規模なシステム障害ということで決着したようだった。そうなるように細心の注意を払ったとはいえ、ずいぶんな大暴れをしてしまったのだ。怪我人《けがにん》がいなかったことは幸いだった。

ただ、市街の管理システムの乗っ取りを行ったのは、僕ではなかった。トンネルの通行止めバーを展開したのは確かに僕だが、それ以外は何者かが僕を助けてくれたとしか考えられない。

気になることといえば、ラボに帰ったとき、ブラウンのソルトが過負荷によって破損していたことだ。知的活動が模倣可能になった、もっとも完成体に近いソルト。そのソルトをもってしても自壊と引き換えになるほどの、極めて負荷の高い処理を行った――となれば、あのとき僕を助けてくれたのは、このソルトだと言うしかないだろう。その自律的な行動がソルトの新たな可能性なのか、それとも別のなにかであるのかは、今はまだわからない。

ソルトの可能性といえば――絵里さんの罪を追及するつもりは、僕にはなかった。彼女が心血を注いだ高機動型戦闘用ソルト2機は僕が破壊したようなものだし、結局0号を傷つけたのは、絵里さんではなく僕だったわけだから。

それでも絵里さんは真面目な人で、警察に自首すると言った。でもそれはいったん決着がついたシステム障害という結論の見直しを世間に強いることになるわけで、僕にとっても都合のいいことではなかった。そう言って絵里さんを止めると、僕に正面から向き合って、罪を償うためならなんでもすると言ってくれた。

そこで僕が出した条件はこうだ。

高機動型戦闘用ソルトを、もう一度完成させること。

今回の件は、はからずも都市セキュリティの脆弱《ぜいじゃく》さを明らかにしたといえるだろう。たとえば今回のように誘拐事件が発生したとして、現在のサポート用ソルトではどう考えても対抗できない。それができたのは、たまたま僕が追いつくことができたのは、謎の乗っ取りの助けを得たことと、僕が僕だったからだ。当初報道されたように、これが本当にテロリストだったら大変なことになっていたのだ。

絵里さんは、この世界に必要な人です。

僕がそう言うと、絵里さんは泣きそうな顔をした。

でも泣かなかった。

だから僕は、絵里さんのことを尊敬している。

——そして変わったことのひとつは、僕の手だ。

左腕を持ち上げ、握っては開いてみる。まだ外装が完成していないため、チタン製の骨組みと人工筋肉がむき出しになっている。とはいえ、ないよりはぜんぜんマシだ。さすがに片腕がない状態では、生活もなかなか不便なものだった。

「よう、久しぶり」

そう声をかけてくる邦人《くにひと》は、変わらない側。とはいえ、その声がほんの少しの陰りを帯びるようになったのは、やはり経験による変化なのだろう。

「あれ、お前の義手って右側じゃなかったっけ?」

「ああ。最近いろいろあって、ちょっと左側も気分転換したんだ」

「もしかしてまた……いや、それはなんていうか……」

僕の明るくも濁した答えに、邦人は答えに窮したようだった。

「デリカシーなさすぎ」

そしてそんな邦人を押しのけながら、茜《あかね》さんが叱る。これも変わらない。

それから茜さんは僕と邦人の顔を見比べて、なんだか泣きそうな顔をした。

「……とりあえず、ふたりとも元気そうね」

はじめて見る表情だった。でも単に今まで僕が知らなかっただけなのか、それとも茜さんが変わったのかはわからなかった。

「そりゃ元気だけど……ん？　お前、ひょっとして心配してる？」

「あんたたちを元の調子に戻さないと、この間の無責任を問い詰めることもできないしね？」

「つくづく苦労性だよなぁ……お前」

でも、僕たちの関係性は、やっぱり変わらない。

今の僕には、不思議とそれがかけがえのない大切なものとして感じられた。

「変に同情してくれなくても大丈夫だよ。僕はこの腕をとても気に入ってるんだ」

「明《あきら》、こいつのこれは同情じゃなくて――」

邦人がなにかを言いかけていたが、茜さんがボディブローでそれを止めた。悶絶《もんぜつ》する邦人をよそに、茜さんは別の話題をもってくる。

「そういえば、あんたの彼女は？　あの子も最近学校来てないけど」

僕は隣の席を見た。

そこに0号はいない。

「彼女じゃないよ」

そう。

0号は、僕の家族なのだから。

ちょうどそのとき電話が鳴って、邦人が通話ボタンに触れながら向こうを向く。

「あれ？　はい、もしもし」

「なんで……いや、待てよ、そんな今更……それは俺だって……違う、そうじゃない。本当に、悪かった。ごめん。だから……うん。ああ――」

徐々に遠ざかっていく邦人の背中を、僕と茜さんは見つめた。

電話の相手が誰なのか、僕には見当がついている。もちろん、茜さんもそうだろう。

変わらないものと、変わっていくものがあるとして。

この世界には、元に戻るものも、あるということだ。


学校が終わった後も、僕はラボに向かわなかった。

今日だけのことではない。

あれから一度も、僕はラボに顔を出していなかった。

代わりに自室に帰ることが、僕の日課になっていた。

なぜか。

そこには0号が眠っているからだ。

結局、あの子はあれからずっと目を覚ましていない。何度検査しても、肉体的には健康である事実だけが突きつけられて——なのに今日も死んだみたいに眠り続けている。最初は心配で毎日検査を繰り返していたけど、命の危険がないとわかって、僕は今までみたいに焦《あせ》らず解明していくことにした。幸い、看護はソルトの得意分野だ。僕が学校に行っているあいだは、ソルトが見てくれていた。

毎日自宅への道を歩きながら、僕は0号のことばかり考えていた。

あの日、彼女がナイフでなにを伝えたかったのか。今ならわかるような気がしている。

0号は、自分の想《おも》いが本物だと信じていた。

なのに僕は、それを否定してしまった。

彼女の気持ちを、僕は受け入れることができなかった。

斬りつけられたのも当然だ。

僕が先に、0号を傷つけてしまったのだから。

僕が求めていたのは、最初から彼女ではなかった。

そのことに気づくのが、あまりにも遅すぎたのだ。致命的なまでに。

後悔はたくさんあるけれど、0号が目覚めたら、僕は自分の気持ちを伝えたい。

君は家族なんだって。

普通でも普通じゃなくても、パワーアップしてもしなくても、役に立っても立たなくても、
そんなことはどっちだってよかったんだ。

僕はただ、君と一緒にいたかった。

ねぇ、そうだろう。

だって君の名前は、水溜0号なんだから。

だから、一緒に生きていこう。

いつか、君が目覚めたら。

それまで僕は、ずっと待ってるから。

僕は自室のドアを開けて、いつも通りベッドに横たわる0号の顔を見て——

「え……？」

ドサリ、と鞄《かばん》が床に落ちる音がした。自分が持っていた鞄《かばん》を取り落としたのだと気づくのに、
時間がかかった。それどころではなかった。

0号は、いなかった。

その光景が意味するところは、たったひとつしかない。

僕は走り出していた。

嘘《うそ》だよ。そんなわけないだろ。焦《あせ》らずになんかいられるか。原因もわからずに寝たきりってなんなんだ。あの子と共に生きるって決めたんだ。ずっと不安だったに決まってるじゃないか。こんなの、本人に文句のひとつでも言ってやらなきゃ気が済まない。

階段を文字通りに転げ落ちながら、僕は非常階段を降りる。廊下を走ってラボのセキュリティを解除し、僕は中に飛び込んだ。

目覚めた0号は、きっと僕を捜すはずだ。なら。

彼女がいるのは、ここしかない。

僕はキャットウォークからラボの階下を見渡す。

その姿は、すぐに見つけることができた。

培養槽に手を当てて、中を見つめる後ろ姿。

あの頃より髪は伸びても、その色は変わらない。

なんで僕をひとりにしたんだ――

なんて、あれほど文句を言ってやろうと思っていたのに。

その背中を見たとき、思ったんだ。

まあ、いいかって。

君が戻ってきたのなら。

変わるものもあれば、変わらないものもある。そして元に戻るものも。

彼女は振り向き、僕を見上げる。

「おかえりなさい、明くん」

その目には、星の火が燃えていた。

メイクアガール
MAKE A GIRL

—エピローグ— ONE TO TWO

私は常々、疑問を抱いてきた。

人間の肉体は、どうしてこれほどまでに脆弱《ぜいじゃく》なのだろうと。

歴史を振り返ってみよう。今でも私たちはさまざまな問題について考えるとき、たとえばアリストテレスの著作に立ち返ることがある。ひとりの天才によって生み出された研究が、その後2000年以上に渡って生き続けている。真の知性というものは、時空を超えた影響を世界に及ぼすものなのだ。そしてそのような発明を積み重ねて、人類史は発展してきた。

しかし、逆に考えれば。

2000年の未来にさえ通用するその知性は、たかだか60年程度しかこの世界に存在できなかったのだ。実際の活動期間ともなればさらに短い。多く見積もってもせいぜい40年といったところだろう。

アリストテレスでさえ死ぬ。

それは文明にとって多大な損失に他ならない。

だから、天才は永遠を生きるべきだ。

人間は死を回避しようと努力してきた。実際にその成果は、人類の寿命を飛躍的に伸ばした。しかしそれでも、せいぜい100年が限界だ。そんな脆弱《ぜいじゃく》な肉体しか持たない人類を、仮に第一人類と定義しよう。人類がどのような存在なのか、私たちはいまだそのすべてを解明できてはいない。開発が長期化してスパゲッティ化し、誰にも読めなくなってしまったコードのようなものだ。人類の肉体というシステムの本質的な問題は、その壊滅的な保守性にある。医療という巨大な分野がほとんど人類史と同じ時間をかけて発展してきたこと、にもかかわらずいまだ不老も不死も実現できていないことを考えれば、肉体の欠陥は逆説的に明らかになるだろう。

　この問題を解決するために、もっとシンプルなシステムとして人類を構築し直してみよう。環境や年月などの外的要因に左右されにくい、格段に安定した分子構造を持つ無機物を主な素材とすれば、それは一般的にロボットと呼ばれるものに接近する。しかし無機物の弱点は、生命が持つような自己修復性を持たない点にある。そのため複数のロボットを配置し、それらが自律的に相互のメンテナンスと生産を行うと共に、それに必要な設備を構築できる必要がある。

　これを実現した人類を、私は第二人類と名付けた。そしてその実装のための実験機には、ソルトというコードネームをつけた。とはいえ、これは私が発案した名称ではない。ちょっとした共同研究の際、派生した関連機についていたものをそのまま流用したのだ。本来の意味はともかく、人間よりは塩の柱のほうがいくぶんか頑丈だろう。聖書を引用するのなら、皮肉なことではあるが。

ところが第二人類には実装段階で問題が起きた。このコンセプトは、天才の知性そのものを完全なかたちで転写できなくては意味がない。しかし現在の半導体技術では——というより、半導体をベースにした計算機では物理学的に不可能であることを、私は理論的に証明してしまった。どれだけ高度な知性をもってしても、物理法則そのものを書き換えることは難しい。たとえば量子コンピュータが十分な性能で実現すれば可能かもしれないが、先に今の肉体が滅んでしまっては本末転倒だ。

そこで私はその研究を凍結し、次のプランに移った。

あくまで私の肉体をベースにすれば、私の知性は確実に転写可能である。しかしクローンをそのまま作ってしまっては、病も転写されてしまう。もっとも簡単なのは、私自身が最初から持っている、別の遺伝子を取り込んだ再生産機能を用いること——つまりは妊娠と出産だったが、相手が必要なこのプランは、もとよりうまくいくはずもなかった。

しかし私は過去の研究から、ある事実に気づいていた。

病については、クローンに別の遺伝子を合流させることでそのリスクを減らすことができるとしよう。だが不死でない以上、個体そのものは、遅かれ早かれやがて死を迎えてしまう。ここで、もしさらに新たな肉体を複製し、精神を継承していくことができれば、事実上永遠を生きることができる。一個体では不可能なことが、複数個体であれば可能となる。お互いを支え合い補い合いながら、自らを生産し続けることで永続化したシステム。

　この人類を、私は第三人類と名付けた。

　それは、結果として、家族と呼ばれるものに似ていた。

　私は第三人類の最初の試作に、名前をつけた。これまではしてこなかったことだが、家族には名前が必要だと判断したのだ。私は叡智《えいち》の光を意味する名前を選んだ。神は最初に、光あれ、と言ったらしい。これもまた、皮肉な引用だ。

　第三人類の欠点は、有機体ベースであるがゆえに、その神経系への知性の転写を外部刺激によって行わなくてはならない――すなわち教育を必要とすることだった。

　私はその試作を教育した。転写の絶対量を考えるならば、できるだけ時間を共に過ごす必要があることは明らかだった。私は共に暮らし、育て、教えた。自分の知性のすべてを託すために。

　私は名前をつけた試作に、愛情を持って接した。

　それははじめての経験だった。

　これまで、私は常に孤独だった。誰も私を理解することがなく、私もまたある意味で人類を理解することができなかった。

　しかし、彼は違う。

　今はまだ成長途中でも。

やがて私を理解できる可能性をもった、たったひとつの存在。

途中、ラボで腕を切断しなくてはならない事故を経験するというトラブルもあったが、もとより高性能な義手を作ることで対処できた。それは図らずも、複数の第三人類による相互補完というコンセプトの正しさを証明していたともいえる。

すべては順調なはずだった。

たったひとつ、残された時間を除いては。

人間の身体《からだ》に起きることは、精確な予測ができない。我慢ならない欠陥のひとつだ。

残されていた余命は、想定より若干短いようだった。

私は残りの時間を、自分の知性を可能な限りデータとして残すことに費やした。私の愛したたったひとりの試作――今やそれは試作ではなく、私を受け継ぐ大切な器であったが――とは、別れなくてはならなかった。とはいえ、すでに基礎は完成している。あとは私がいなくなった後で不足分のデータを読み解いてもらい、もうひとりの第三人類を生み出すよう条件付けを施しておく。

それで、私は復活する。

そのはずだった。

誤算はふたつあった。

ひとつは、試作の教育が完全ではなかったことだ。私の残した研究の一部を、彼は読めなかった。結果として、当初の私は第二人類──ソルトをベースにした再生が試みられ、かなり不完全な状態で再生してしまった。それにもずいぶん試行錯誤があったようだ。

もうひとつの誤算は、もうひとりの第三人類に、私が転写されるより先に自我が芽生えてしまったことだ。おそらくはなんらかの外的な概念的撹乱《かくらん》があったのだろう。たとえば誰か他の人間に与えられた概念情報に影響を受けた、というような。インビボではすべての要素をコントロールすることはできない。厄介だが仕方のないことと言える。

結果として、もうひとりの第三人類は、本来の家族ではなく、彼女として誕生してしまった。そしてさまざまな独自の学習の結果、ほぼ完全な──最終的には生体制御すら撥《は》ね除《の》けるほどの強固な意志を得て、最初の第三人類を破壊するまでに至ってしまった。軌道を修正しようと何度も試作にコンタクトを試みたのだが、ソルトがハードウェアとして不十分なせいで、時間がかかってしまった。もうひとりの第三人類が誘拐されたことも想定外の要素だったが、試作は部分的とはいえ私を引き継いでいるのだ。ソルトからの多少の支援は必要だったが、救出は問題なく行われた。

最終的にはもうひとりの第三人類を部分的にオーバーライドし、脳を酸欠に追い込むことで仮死状態にして、それからソルトを経由して私を転送することに成功した。

そのような経緯を経て、私は復活した。

私は２０００年生きたい。

いえ、もっと。できれば永久に。
そして、今の私はひとりではない。
共に生きるべき、たったひとりの家族。
消滅と再生。
別離と再会。
生きなさい。
私と一緒に。
ねぇ、明《あきら》くん。

メイクアガール

MAKE A GIRL

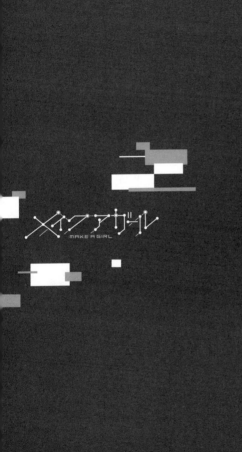

あとがき

こんにちは、池田明季哉《いけだあきや》です。この小説を書きました。

もう少し正確な言い方をしましょう。本作は安田現象《やすだげんしょう》さんが手掛けた映像作品『メイクアガール』のノベライズです。映像のほうが原作で、僕はその翻案・小説化を担当しました。

このお話をいただいたとき、僕は考え込んでしまいました。それは「ノベライズとは、そもそもなんなのか」ということです。原作者によって作り上げられた作品世界がすでにあり、キャラクターたちがそこに生きているとき、それを「語り直す」ことは必然的に彼らの人生を二重化してしまう。明《あきら》たちが過ごした時間、体験した物事、もっといえば彼らの「生」は、一回きりのはずです。それをもう一度語り直してしまったら、いったいどうなってしまうのでしょうか？　そんな難しさを構造的に抱え込んでいるノベライズのゴールとは、果たしてどこにあるのでしょう？

僕の出した答えはこうです——映像に対して100％の整合性を目指すこと。明たちが過ごした人生を尊重し、映像に描かれていたことはすべて「あったこと」と見なしつつ、そこに描かれていなかった部分を補完すること。

映像でしか描けないことがあるのと同様に、小説のほうが描きやすいこともあります。特に認識や感情をより直接的に描くことができるのは、小説ならではの強みといえるでしょう。明たちがどのような想《おも》いを抱え、悩み、苦しみ、そして歩みを進めていったのかを、僕は想像しました。映画には描かれていないカットとカットのあいだにも、彼らは生きている。その姿を写し取る気持ちで、このノベライズを書きました。

『メイクアガール』は美しい物語です。最初に脚本を読んだときからそう感じていました。劇中における研究者たちが抱える苦悩は、そのまま創作者の苦悩でもあるように僕には感じられました。それはすなわち、僕たちの苦悩でもあります。自分で設定したミッションの難しさに「好き勝手やったほうが楽だったのでは？」と何度も思いましたが、明たちが研究に真摯に向き合っているのに、僕が投げ出すわけにはいかないでしょう。そんな気持ちで限界までがんばりましたので、ぜひ映画と合わせて、ひとつの物語として受け止めてもらえたら嬉《うれ》しいです。

そんな研究者らしさを代表するのが水溜稲葉《みずたまりいなば》ですが、僕のラブコールが実り、彼女が主人公となるスピンオフを担当させてもらえることになりました。タイトルは『メイクアガール episode 0』。こちらはだいぶ好き勝手やらせてもらいました。とは言いつつも、前日譚《たん》ですから、ちゃんと本編に繫《つな》がるように書いています。大好きな『メイクアガール』、大好きな稲葉に、さらに大好きな要素をたくさん載せたので、併せてお楽しみください。

それでは人類と研究の、ますますの発展を祈って。

See you later, alligator!

池田明季哉

◉池田明季哉著作リスト

「オーバーライト　――ブリストルのゴースト」（電撃文庫）
「オーバーライト2　――クリスマス・ウォーズの炎」（同）
「オーバーライト3　――ロンドン・インベイジョン」（同）
「アオハルデビル」（同）
「アオハルデビル2」（同）
「アオハルデビル3」（同）
「メイクアガール」（同）
「メイクアガール　episode 0」（同）

本書に対するご意見、ご感想をお寄せください。

ファンレターあて先
〒102-8177　東京都千代田区富士見2-13-3
電撃文庫編集部
「池田明季哉先生」係
「安田現象先生」係

本書は書き下ろしです。

電撃文庫

メイクアガール

池田明季哉《いけだあきや》
原作／安田現象《やすだげんしょう》・Xenotoon

2025年2月10日　初版発行

発行者　山下直久
発行　株式会社KADOKAWA
〒102-8177　東京都千代田区富士見2-13-3
0570-002-301（ナビダイヤル）
装丁者　荻窪裕司（META＋MANIERA）
印刷　株式会社暁印刷
製本　株式会社暁印刷

ISBN978-4-04-916058-1　C0193　Printed in Japan

電撃文庫　https://dengekibunko.jp/

メイクアガール
MAKE A GIRL
池田明季哉
原作 安田現象・Xenotoon
監修・イラスト 安田現象

PERIODIC TABLE OF
THE ELEMENT

水溜 明

17歳。天才科学者として、ロボットや人工知能の研究に勤しむ高校生。対人感覚にズレたところがあり、友人の話を鵜呑みにして、文字通り“カノジョ”を科学的に作り上げてしまう。昔の事故で右腕を失い、義手になっている。

0 号

明に“カノジョ”として作られた人造人間。明への恋愛感情のようなものをプログラムされているが、自分の心がホンモノなのか、それとも作られたニセモノなのかを考えるようになり、やがて葛藤していく。

幸村 茜

16歳。明のクラスメイト。研究のことしか頭にない明に呆れつつも、日頃から何かと気にかけている。面倒見がよく、生活力のない明に代わって、母親のように0号の世話を焼く。

大林邦人

17歳。明のクラスメイト。最近つき合い始めた彼女のおかげで自分がパワーアップできたことを自慢げに語り、明が“カノジョ”を作ろうと思い立つきっかけを与える。

I N D E X

DESIGN : arcoinc